小小間諜合奏曲

マイクロスパイ・アンサンブル

伊坂幸太郎

李彥樺——譯

目錄

總導讀

奇想・天才・傳說

張筱森

雖然是篇談論伊坂幸太郎的文章，不過請先讓我稍微離題談一下二〇〇六年的第一百三十四屆直木獎。這屆的大事當然是東野圭吾在五度鎩羽而歸之後，終於以《嫌疑犯X的獻身》獲獎；可說是了卻他一樁心願，也替其出道二十年錦上添花一番。東野連續五度提名五度落選的事蹟，讓日本大眾文壇和讀者之間開始悄悄地流傳著一個聽來有點辛酸的名詞「東野圭吾路線」，意指不斷被提名、不斷落選，然後過了該得直木獎年紀的作家。而東野總算在第六次的提名擺脫了這個看似不太名譽，不過差一步就會變成傳說的不幸陰影。但在東野終於獲獎的可喜可賀事實背後，其實也存在著一名極爲有力的「東野圭吾路線」候選人，那就是本文主角——伊坂幸太郎。

伊坂幸太郎，一九七一年出生於千葉，畢業於位在仙台的東北大學法學部。小學時和一般小孩一樣閱讀各式各樣的兒童讀物，年紀稍長之後開始看當時流行的國產娛樂小說，如：都築道夫、夢枕獏、平井正和等人的作品，高中時因爲看了島田莊司的《北方夕鶴2/3殺人》後，成了島田書迷。而在高中時，因爲一本名爲《何謂繪畫》的美術評論集，啓發伊坂認爲能使用想像力生存是件非常幸福的事情，而小說恰好可以一人獨立從頭開始，自己應該也辦得到；因此他決定在進入大學之後開始創作，再加上喜愛島田的作品，便選擇了寫推理小說。進入大學之後則開始閱讀純文學，尤其喜愛諾貝爾文學獎得主大江健三郎的作品。

也因爲他將對運用想像力的憧憬著力於小說創作上，於是各項具有想像力的元素都漂浮在其作品中，如法國藝術電影、音樂、繪畫、建築設計等等，使得讀者在閱讀推理小說的同時，也彷彿看了一場交織著奇異幻境寓言、生命哲思與青春況味的文藝表演。

巧妙地融合脫離現實生活的特殊經歷以及不可思議的冒險活動，一向是伊坂作品的創作主軸，這種奇妙組合，正是伊坂風靡了無數熱愛文學藝術的青年讀者的重要原因。

這樣的他，在一九九六年曾經以《礙眼的壞蛋們》獲得山多利推理小說大獎佳作，不過一直要到二〇〇〇年以《奧杜邦的祈禱》獲得第五屆新潮推理小說俱樂部獎後，才正式踏上文壇。奇特的故事風格、明朗輕快的筆觸，讓他迅速獲得評論家和讀者的熱烈歡迎，不光是在年度推理小說排行榜上大有斬獲。二〇〇三年以《家鴨與野鴨的投幣式置物櫃》拿下吉川英治文學新人獎，二〇〇四年則以《死神的精確度》獲得日本推理作家協會短篇部門獎，更在二〇〇三到二〇〇六年間以《重力小丑》、《孩子們》、《死神的精確度》、《沙漠》四度獲得直木獎提名，可以看出日本文壇對他的期待和重視。

伊坂到二〇〇六年爲止總共發表了八部長篇、四部短篇連作集和一篇短篇愛情小說。因爲喜歡島田，而決定創作推理小說的伊坂，打從一出道就以推理小說新人獎得獎作《奧杜邦的祈禱》獲得各方注意；然而《奧杜邦的祈禱》卻長得一點都不像讀者們所熟悉的推理小說模樣。伊坂曾經說過，「寫作的時候，我並不喜歡描寫眞實的現實生活，而是想寫十分荒唐無稽的故事。」《奧杜邦的祈禱》正是這樣特殊，有著前所未有的奇特設定的一部作品。一個因爲一時無聊跑去搶便利商店的年輕人伊藤，意外來到一座和日本本土隔絕一百五十年的孤島，孤島上有個會說話、會預言未來的稻草人優午。優午告訴伊藤，自己已經等了他一百五十年，而伊藤這個外來者將會帶來島上的人所欠缺的東西。留下這般謎樣話語之後，優午就死了，而且還是身首異處、死得相當悽慘。這短短幾句描寫，就能夠看出伊坂作品最顯而易見的特殊之處：「嶄新的發想」，我想很難有讀者在看了這樣奇異至極的開頭，而不繼續往下翻頁，畢竟「會講話的稻草人謀殺案」實在太過特殊。而這種異想天開、奇特的發想，就成了伊坂作品中一個非常重要而且難以模仿的特色，在他往後的作品當中都可以看到這樣的特色，以死神爲主角的《死神的精確度》便是個好例子。

然而空有奇特的發想，沒有優秀的寫作能力也無法讓伊坂獲得現在的地位。第二作《Lush Life》便是讓讀者更認識伊坂深厚筆力的作品，畫家、小偷、失業者、學生、神、諮商心理師等等眾多人物各自在五個故事線中登場、彼此的人生互相交錯。如何將這五條線各自寫得精采絕倫，而在彼此交錯時又不落入混亂龐雜的境地，最後將所有故事線收束於一個點上。伊坂在敘事文脈構成上展現了高超的操控能力，就像不斷在本作出現的艾雪的畫一般令人目眩神迷。複雜的敘事方式中包含著精巧縝密的伏線，並且前後呼應，而此極爲高明的寫作方式，在第四作《重力小丑》、第五作《家鴨與野鴨的投幣式置物櫃》中也明顯可見。

筆者和大部分的台灣讀者一樣，對伊坂最早的認識來自《重力小丑》一作，對於幾乎只能以毫無章法來形容、或者可說是某種文字遊戲的章節名稱印象深刻。但在閱讀了伊坂的其他作品之後，便能夠理解日本文藝評論家吉野仁指出的伊坂作品的一種極爲另類的魅力來源——「將毫無關聯的事物組合在一起」，像是「鴨子」和「投幣式置物櫃」明明是毫無關聯的東西，卻成了小說。或是書名爲《蚱蜢》內容卻是殺手的故事，這樣的奇妙組合讓伊坂的作品乍看書名就能吸引讀者的目光一探究竟。更引人注意的是，這樣看似胡鬧的作法，也散見於每部作品的內容和登場人物的言行之中。在《家鴨與野鴨的投幣式置物櫃》中，主角的鄰居甫一登場就邀他一起去搶書店，目標僅僅是一本《廣辭苑》字典!?在《重力小丑》中，春劈頭就叫哥哥泉水一起去揍人。然而在這些登場人物的異常行動，或是令人不由得笑出聲來的詞句背後，其實隱藏著各種人性的黑暗面。《奧杜邦的祈禱》中，仙台的惡劣警察城山毫無理由的殘虐行徑、《重力小丑》中的強暴事件、《魔王》中甚至讓這樣的黑暗面以法西斯主義的樣貌出現。伊坂總以十分明朗、輕快並且淡薄的筆觸，描寫人生很多時候總會碰上的毫無來由的暴力。如此高度的反差，點出了一個伊坂作品世界中的重要價值觀——面對突如其來的暴力時，該如何自處？該怎麼找出最不會令自己後悔的生存方式？

如果將毫無理由的暴力推到最極致，莫過於「死亡」了。只要是人，難免一死，那麼，人類該怎麼和終將來臨的死亡相處？從《奧杜邦的祈禱》中的稻草人謀殺案起，這個問題意識就一直在伊坂作品的底層流動，隨著此次伊坂作品集出版，讀者在全部讀過一遍之後，應該能得出屬於自己的答案。

而在熟讀伊坂作品之後，讀者便會發現伊坂習慣讓他筆下所有人物產生關聯，先出現的人物一定會在之後的作品登場。像是深受台灣讀者喜愛的《重力小丑》兩兄弟，也會在之後的某部作品中出現，這樣的驚喜也十足地展現了伊坂旺盛的服務精神。

在文章開頭提到伊坂是極有力的「東野圭吾路線」候選人，如實反應出日本讀者和評論家對於伊坂遲遲不能獲獎的難以理解。但筆者忍不住想，就這樣成爲直木獎史上的傳說，似乎無損於伊坂的成就。畢竟如同日本推理天后宮部美幸說的：「伊坂幸太郎是天才，他將會改變日本文學的面貌。」身爲一名讀者，能夠和一位不斷替我們帶來全新小說的天才作家相遇，就是一種十足的幸福。

作者介紹

張筱森，喜歡推理小說，偶爾也翻譯推理小說。

Micro Spy Ensemble

31

小小間諜合奏曲

聊往事的女人

要我聊往事？看來你覺得我很閒。好吧，可以。但我的記憶不是很可靠，而且一些關鍵的部分到現在我仍摸不著頭緒。或許不僅沒辦法爲你解惑，還可能會讓你越聽越一頭霧水。

很久很久以前，在一片很遠很遠的土地上，我被關在一座很高很高的塔上。高塔上的生活相當不方便。不，豈止不方便，而且讓人非常不舒服、非常不安。但我無計可施，我以爲那樣的生活會永遠持續下去。

沒想到竟然有人來救我，我眞的嚇了一大跳。雖然不敢相信，卻是千眞萬確的事實。

來救我的那個人，歷經了長得要命的旅程，以及在草木之中的冒險，才出現在我的面前。不不不，他本人比廣場上的那座雕像更加瘦削、纖細得多。製作那座雕像的人，或許是爲了給人勇猛、強壯的印象，所以才修改了他的體格吧。其實我覺得根本沒有必要。

總之，那個人運用各種工具及機智，終於將我救了出來。

當然來了追兵。那些追兵眞的糾纏不清，可怕得要命。

追兵不斷從背後以武器攻擊我們，我們只好緊急迫降。

當追兵逐漸逼近我們的時候，老實說我原本以爲死定了。沒救了。完蛋了。

所以，能夠活這麼久，並像這樣聊往事，我覺得實在太不可思議了。你問我最後是怎麼得救的？不是我裝傻賣關子，我是眞的不知道。我們其實什麼也沒做，敵人就這麼消失了。

趁著那個空隙，他拉著我拚命逃，一直逃到了這裡。

哎喲，一開始我不是就說了嗎？你可能會越聽越一頭霧水。

第一年

執行任務的男人

在回到家之前，任務都不算結束。

無音鞋踩踏在膠質地板上。春斗特務一邊沿著原路往回走，一邊回想童年往事。每天就算回到家裡，父母也不在家，因此春斗總是與住家附近的不良少年們混在一起，閒晃到三更半夜才回家。不想做不喜歡做的事，不想讀書，不想運動，不想流汗。抱持著這樣的心態，跟狐群狗黨廝混的時間當然是越來越長。

「你再這樣下去，長大之後恐怕會很慘。我知道你覺得念書很煩，但再煩也得念才行。」某老師如此說道。那位老師並不使用高壓的口吻，而且能夠設身處地爲春斗著想。「人生只有一次，應該要好好珍惜。」

正值青春期的春斗，自然聽不進去。春斗告訴老師：「我想當滑翔機。」

「滑翔機？」

「沒有引擎，甚至也沒有目的地，只是在空中優雅盤旋。」

「聽起來不錯。」老師沒有嗤之以鼻，反而點了點頭。「不過，要當滑翔機，可不是一件容易的事。對人類來說，遵照明確的指示採取行動才是最輕鬆的生活方式。你想想，『做好事就能獲得幸福』跟『把這個壺賣出去，你的階級就能往上升』，哪一邊比較淺顯易懂？」

「壺？什麼壺？」

「老師只是打個比方。總之，當一架具備引擎並依照時間表飛行的噴射機，其實比較輕鬆。要當滑翔機真的很難，而且……」

「而且什麼？」

「而且會被周圍的人取笑生活過得太安逸。」老師笑著說：「局外人不會明白當滑翔機的辛苦與不安。」

「老師，你畫錯重點了，重要的不是滑翔機。」春斗忍不住笑了出來。

〈燃料箱、地圖、導航系統，從頭到尾都沒有那種東東／局外人眼裡或許太安逸／但其實早已火燒屁股到發瘋〉

老師慢條斯理地哼了起來。「是滑翔機的歌。」

當時春斗做夢也沒想到，那位老師竟然是效忠於國家的諜報員，出現在即將踏入二十歲的春斗面前，是要招募春斗投入祕密情報局的工作。

「老師，間諜的人生不是恰恰與滑翔機相反嗎？」春斗問道。間諜必須接受任務，並且有效率地執行。

「趁這時候多賺一點錢，剩下的人生再當滑翔機就好了。」

雖然春斗並不特別贊同這句話，但當時春斗早已厭煩一成不變的生活，而且也很開心自己的運動能力及與生俱來的記憶力獲得認同，因此最後答應進入情報局工作。

這一天，春斗特務來到了研究機構的最深處。這個房間裡有一座帶有臂桿的機械，機械的後頭有一扇上了密碼鎖的自動門。春斗的任務，就是到門後的房間裡找出一個貼著空白標籤的瓶子。

春斗特務已將瓶中的液體注入自己帶來的膠囊。膠囊內有纖維，液體滲入纖維之後，纖維會分析液體的成分，經由膠囊底部的晶片將成分訊息直接傳送出去。換句話說，此時春斗已完成任務。雖然還沒有回到家，實際上任務已完成。就算春斗當場遭到逮捕，情報局高層也不會放在心上。當然，春斗洩漏機密會造成困擾，但如果春斗眞的被逮到，他們只要遠端操控，引爆春斗體內的奈米炸彈就行了。

「春斗，你一定要表現得非常優秀。只要優秀到讓組織捨不得拋棄你，組織就會想盡一切辦法讓你平安歸來。」從前老師這麼說過。

「非常優秀，是要多優秀？」

「優秀到足以成爲特務的代表。」

春斗特務心裡很清楚，就算成爲代表，大概也沒有什麼好處。

塞在耳朵內的耳機響起了通話聲：「春斗特務，任務執行得如何？」

那是經常與春斗合作的小原特務的聲音。他的聲音還是那麼一派悠哉，彷彿處在無憂無慮的狀態。

「現在正要返回。你能掌握我的位置嗎？」

「沒問題。再過三十秒，梯子的上方會出現開口，可以從那邊上到地面離開。」

「我好像聽見奇怪的聲音。」小原特務的話聲中夾雜了一些咀嚼聲。「你該不會是一邊吃東西一邊說話吧？」

「只是一點小零食。」小原特務說道。他這個人就是這樣，出任務的時候總是缺乏緊張感，一天到晚犯粗心大意的錯誤。或許是因爲他的姓氏與傳說中「每天睡到中午，起床就喝酒，坐吃山空，花光了所有財產」的小原庄助（註一）一樣吧。

不一會，前方傳來細微的爆裂聲，以及砂土崩落的沙沙聲響。梯子就在眼前。春斗特務將奈米槍插回腰際，朝著梯子奔去。

失戀的男人

松嶋，你簡直就像是沒有引擎的機器。

女友經常這麼對我說。從前她還會加入一些美化的修辭，例如「眞是讓人又愛又恨」或是「雖然這也不算是缺點」，但最近她加入的只有不滿與煩躁。

你到底有沒有在找工作？你有沒有在思考將來的事？

她如此在意我求職順不順利、有沒有找到好工作，多半是因爲她自己找工作並不順利。如果繼續交往下去，最後可能會一起走完剩下的人生。在這樣的前提下，她當然會產生「把我的人生之船交給這個人掌舵是不是個明智的決定？還是應該由我自己來掌舵？」之類的擔憂。

「妳不必杞人憂天，日本的景氣逐漸好轉。職缺越來越多，年輕人的人口數卻越來越少，到處都在缺人，不用怕找不到工作。」我說得煞有其事，其實沒有任何根據。

「過一天算一天，腦袋裡只想著船到橋頭自然直，簡直就像是盲目亂飛的滑翔機。」女友一臉不耐煩地說道。

〈低空盤旋，無處降落／找不到落腳的歸宿之所〉

我彷彿聽見不知何處傳來的有關滑翔機的那首歌。

在空中優雅地翻舞、盤旋的滑翔機，照理來說應該給人一種遠離世俗的帥氣感，不過對當時的她來說，「滑翔機」似乎是個負面詞彙。

不能再這樣下去。雖然有點亡羊補牢的感覺，但我爲自己上緊了發條，咬著牙拚命找工作。最後我終於找到了工作，她卻決定跟一個在ＯＢ訪問（註二）的時

註一：日本傳統民謠中的登場人物，因爲好吃懶做而花光了所有財產。

註二：ＯＢ指的是同校的畢業校友（Old Boy）。「ＯＢ訪問」是畢業生在參加企業面試之前，先找到在這家企業上班的學長姊，詢問企業的內部狀況，請對方提供建議。

候認識的學長交往，毫不留情地向我提出分手的要求。

這件事就發生在剛剛。

突如其來的分手，對我造成的打擊遠遠超過原本的想像。我根本無法入眠，只能在深夜開著車子到處亂闖。將音樂轉到最大聲，任憑身體隨著車子搖擺，開過了郡山，不知不覺來到豬苗代町。放眼望去，有好幾座綠色的丘陵，四周環繞著農田。

我把車子開進湖畔的停車場。這麼做並沒有什麼特別的理由，只是想要休息一下，並暗暗期盼望著平靜的湖面，或許能夠讓心情安穩下來。

我下了車，往天神濱走去。周圍已漸漸因晨曦而變得明亮。微風拂過，松葉搖晃有如發出鈴聲。

湖畔寬廣而靜謐。從松樹林的縫隙之間，可窺見湖面。頭頂上的天空宛如反射了湖光一般蔚藍，朝遠方望去，似乎有東西在盤旋。本來以為是滑翔機，仔細一看才發現是鳥。大概是鳶吧。

一定要裝上引擎才行。

我如此告訴自己。

滑翔機沒有辦法靠自己飛行，只能綁上金屬繩索，靠其他飛機牽引，或是以絞盤高速捲動來獲得衝力。沒有辦法自己飛，想起來確實有點窩囊。

松樹林中有不少可供重機旅行者投宿的小木屋。一棟棟的小木屋，看起來像是一座座樹墩。我想要看清楚湖面，於是繼續緩步向前。在一棟小木屋的後頭發現了一樣稀奇的東西，我伸手撿了起來。

逃亡的少年

太好了！我終於做到了！

我的腦袋一片空白，只能在寬廣的土地上奮力狂奔。放眼望去全屬於湖岸的範圍，矗立著一棵棵巨大的松樹，不管怎麼跑，都找不到適合藏身的地點。我不斷轉頭望向身後，確認有無人影追趕上來。自己的喘氣聲太吵，我無法判斷後頭有沒有腳步聲。

我終於脫胎換骨了。從今天起，我告別了過去的自己。

不會再遭同伴們包圍、威脅及欺負，也不用忍受父親的拳打腳踢。

其實早已火燒屁股到發瘋！

由於我幾乎從未抵抗過，今天突然全力反擊，同伴們全都嚇傻了。攻其不備，是我唯一的武器。我不管三七二十一，朝著眼前那傢伙揮拳，接著舉起書包亂揮亂砸。

對方摔倒在地上，我接著又是一陣猛踢。踢了好幾下之後，我忽然覺得似乎下手太重了。不過，跟他們對我做的那些事比起來，其實只是小巫見大巫。

踢完之後，我轉身就跑。

我並不打算回家。因爲我不打算繼續向那個愛使用暴力的父親低頭。

就這麼遠走高飛吧。要到哪裡去？我也不知道。沒有事先想好就衝動行事，我爲自己的魯莽感到懊惱不已，問題是我又不可能對自己見死不救。

我跑得筋疲力竭，最後決定躲在高聳山坡底下的草叢裡，等待天亮。我環抱著膝蓋，盡量壓低呼吸聲，雖然沒有辦法熟睡，但多少得以歇息。

天才剛亮，我便感覺有人靠近，赫然驚醒。我隱約聽見有一道聲音喊著「那傢伙跑到哪裡去了」，顯然是在尋找我。或許他們是沿著我的足跡追了上來。

現在該怎麼辦才好？我實在沒有勇氣繼續躲著不動。

我一衝出去，背後登時傳來一聲大喊：「在那裡！」

事情到了這個地步，我也只能跑了。我一口氣衝上山坡，又從另一頭奔了下去，希望能夠找個樹蔭或草叢躲藏。

「站住！你以為逃得掉嗎？」背後再次傳來響亮的斥喝聲。

我的雙腿已到了極限，沒有辦法再跑下去。驀然間，我雙腳一絆，摔倒在地上。我撐著泥土地面，勉強站起來。

「你在這裡做什麼？」忽然冒出一個人影，開口說道。我愣了一下，抬頭一看，是個身穿黑衣的瘦削男人。

我嚇得尖叫了一聲，因為男人拿著疑似槍的東西。我慌忙舉起雙手。

男人一臉不耐煩地嘆了口氣，「你快離開這裡，這一帶很危險。」

「我無處可去，我正在逃亡。」

「逃亡？」男人抬起頭，望向我的身後。「噢，確實有幾個人往這邊來了。」

男人微微噘起嘴，思索片刻，將頭往自己的身後一甩，說道：「好吧，你跟我來。」

「咦？」

「反正應該能坐兩個人，我就帶你走吧。」

男人說完這句話，轉身邁步而行。我急忙追了上去。只要能夠度過眼前的難關，不管怎樣都要把握機會。

走了一會，我逐漸明白男人剛剛那句話的意思。

在一棟巨大木造建築物的後方，赫然有一架飛機。機身是白色，中央部位及機翼塗成了紅色。那是一架有螺旋槳的飛機。男人毫不猶豫地爬上梯子，坐進駕駛艙，我也趕緊爬上去。駕駛座的後頭還有一個座位。

「繫上安全帶。」「呃……是。」

最後竟然是坐飛機逃離這裡！我既興奮又鬆了口氣。沒想到就在這個時候，坐在前面的男人忽然咂了個嘴，咕噥了一聲：「搞什麼鬼！」我登時嚇出一身冷汗。

「怎麼了嗎？」我問道，卻沒得到回應。男人似乎在和別人通電話：「小原，你又搞砸事情了！你還敢問什麼事？聽好，這是滑翔機！依照原本的計畫，你應該準備的是一架輕型飛機！」

男人大聲怒吼，我坐在他的身後，清楚感受到他的憤怒。

「追兵要到了，來不及了。你還敢問有什麼差別？滑翔機如果沒有牽引，根本飛不上天，因爲沒有引擎！」

沒有引擎！這句話讓我的心頭一震。這是一架不會飛的飛機。不會飛的飛機跟普通的箱子沒什麼不同。繼續坐在這裡只是等死而已。

一股寒意竄上我的背脊。

從駕駛艙俯瞰地面，只見那些傢伙正在到處張望，顯然是在找我。雖然他們還沒有發現這架滑翔機，但那只是時間早晚的問題。我心裡相當猶豫，不曉得是不是該立刻解開安全帶，跳下滑翔機。

男人依舊在和那個姓小原的同伴通話。「你聽清楚了，這是滑翔機，沒有引擎。我需要的，也就是你應該準備的，是一架有引擎的飛機。」男人或許是壓抑了情緒，也或許是感到絕望，口氣不再像剛剛那樣激動。「喂，你是不是又在吃東西？我聽見聲音了！」

男人結束通話，轉頭對我說：「你應該也聽到了，這架飛機不會飛，要不要乾脆下去算了？」

「躲在這裡搞不好不會被發現。」我不假思索地回答。

「這很難說。」坐在駕駛座的男人歪著頭應道。

就在這時，機身突然一陣搖晃。

突如其來的震動讓我忍不住哀號。我感覺到整個身體都在晃動。坐在前面的男人也緊張地重新扣上安全帶。

下一瞬間，我的身體浮在空中。不，應該說是整架滑翔機浮在空中。

「你成功發動引擎了？」我狐疑地問。

「根本沒有引擎。就算有引擎，也不會像這樣垂直起飛。」

緊接著，滑翔機開始前進。剎那間，機身上揚，我整個人翻了過去。但機身馬上恢復水平，繼續往前移動。

前方出現巨大的湖面。

我完全不曉得到底發生了什麼事，只能拚命想著「飛吧、快飛吧」。

男人緊握操縱桿，似乎也在祈禱。

失戀的男人

我拿著剛剛撿到的玩具滑翔機，走向湖岸，輕輕投了出去。那滑翔機飛得比預期中平穩，筆直飛向湖面，而且緩緩上升。

滑翔機飛得越來越高，彷彿在試探天空的高度，接著開始盤旋，在湖面的正上方畫出巨大的8字形。

此時晨霧瀰漫，滑翔機與那白色霧氣幾乎融為一體。原本以為滑翔機馬上就會墜落，但它不僅沒有墜落，還越飛越遠。看著滑翔機拉開的距離，我的胸襟彷彿也越來越開闊，頓時有種神清氣爽的暢快感。

〈沒有引擎就沒有喧鬧／所有的問題一了百了／飛吧飛吧飛上天去了〉

我就這麼看著玩具滑翔機消失在湖的對岸，幾乎不敢相信自己的眼睛。

下一秒，想起女友，淚水似乎又要溢出眼眶，我將帽簷壓低了一些。

第二年

失言的男人

陷入自我厭惡的狀態，是對自己懷有期待的緣故嗎？只能怪自己不應該自視過高，以爲自己應該能成爲更好的人？

我想起了去年分手的女友。

松嶋，你簡直就像是沒有引擎的機器。

這句話中的輕蔑之意，讓我受到相當大的打擊。唯一值得慶幸的是，我當時並未反駁「才沒有那回事」。因爲我知道確實有那回事。她的分析一點也沒錯。

從那天之後，我可說是徹底改頭換面。

我發了狂般拚命找工作，面試沒上的次數多到我不想去數。每一次面試沒過，我都感覺眼前一片黑暗，彷彿我的人生跌入了谷底深淵。但最後我竟然應徵上一家頗知名的企業，或許是原本內定的人選全都放棄到職吧。只能說我把一輩子的幸運都用在這個地方了。

踏入職場之後，等著我的是更巨大的苦難。光是要記住工作的內容，就耗盡了我的心力。疲勞不斷累積，每個週末幾乎都是在補眠中度過。我感到身心俱疲，好幾次萌生想要逃走的念頭。

我曾試著拿工作上的事情請教前輩職員，不知爲何，他們總是故意把簡單的事情說得很難理解。一些原本只要簡短說明就能輕易理解的事情，他們會故意說得拐彎抹角，搞得我暈頭轉向。再加上我這個人原本就不太聰明，結果當然是工作上疏漏百出，引來上司的責罵。

「眞是個沒用的飯桶。」上司經常這麼說我。

我清楚地感覺到，儲存在心靈深處的珍貴之物正一點一滴流逝。我告訴自己一定要加倍努力，但處於緊繃狀態下的努力往往只是瞎忙而已，反而會造成更糟糕的結果。

前幾天的晚上，我們公司的業務員與另一家公司的業務員，以「業界交流」爲名義舉辦了一場餐會。約莫二十人參加，大多年齡相近，氣氛相當融洽。我許久不曾在輕鬆的氣氛下喝酒，那天晚上眞的非常開心。

有些男業務員總是把「告訴你一個祕密」掛在嘴邊，不停說著跑業務時的不開心經驗，以及日積月累的各種不滿與壞話。還有個女業務員唉聲嘆氣地說著某當紅演員宣布結婚的消息，彷彿自己遭到拋棄。「他的結婚對象是一般女性，並不是演藝圈的人。你知道這代表什麼嗎？這代表我原本也有機會。」那女業務員如此訴說，接著又氣沖沖地抱怨：「可是，據傳對方長得很像模特兒卡琳。你想想，一個長得很像模特兒卡琳的女人，根本不能算是一般人吧？」

「卡琳是誰？」我低聲問旁邊一個跟我同期進公司的同事。那同事苦笑著說：「連卡琳也不知道，虧你還能當業務員啊。」

「我們公司跟模特兒又沒有生意上的往來，平常跟模特兒也見不到面。」我臉上堆滿笑容，心裡卻極度厭惡這樣的自己。

就在這時，一個女人走了過來，嘴裡說著：「抱歉，我來晚了。」她似乎是另一家公司的職員，打招呼的聲音此起彼落。

「哇，這女的不得了。」坐在旁邊的同事說道。我一聽，就知道他的言下之意。那女職員不高，身材的橫向發展程度卻極爲醒目，說得好聽點是豐腴飽滿，說得難聽點是臃腫肥胖。因爲幾乎所有的座位都坐滿了，最後她選擇坐在我的對面。

「工作一直忙到剛剛，所以遲到了。」她以開朗的口吻解釋，接著做了簡單的自我介紹。

就在那個瞬間，我脫口說出了浮現在腦海的一句話。

「請問妳是哪個部屋（註）的？」

這裡的「部屋」，當然是「房間」與「相撲組織」的雙關語。我當時的心態，多半只是想要表現出風趣幽默的一面，藉此提升自己在眾人心中的地位吧。由於其他桌的對話都告一段落，我的話吸引了所有人的注意力，令我成爲受到矚目的焦點。

一瞬間的鴉雀無聲之後，爆出哄堂大笑。坐在旁邊的同事拍了拍我的肩膀，意思似乎是「你眞敢說」。

坐在我對面的女職員不以爲意，或許很習慣被人這麼調侃、取笑。她沉穩地微笑，接過話：「練習太辛苦，我早就放棄了……等等，我不是相撲選手啦！」眾人聽了又是一陣哈哈大笑。

雖然當下反應不錯，並沒有冷場，但事後我相當後悔。因爲我想來想去，說

註：原意爲「房間」，此處指的是日本培訓相撲選手的組織。

那樣的話實在不太妥當。不，豈止不妥當，根本是人渣的發言。

每當夜闌人靜，我想到這件事，都會產生強烈的自我厭惡感。如果是遇到一個討厭的人，只要不跟對方往來就行了，但我總不能不跟自己往來。

啊啊，好想讓時間倒轉。

我經常為了這件事情抱頭苦惱。如果可以的話，眞希望拿一塊海綿，把腦袋裡的這個記憶吸乾淨。可惜不管怎麼擦拭，那塊海綿都無法吸掉腦中的記憶。

執行任務的男人

眼前是一大片的藍色。不，應該形容為水藍色。實際上，那是天空的顏色。水藍色雖然有個「水」字，其實那是光的顏色。我記得春斗特務這麼說過。水本身並沒有顏色。

我躺在地上，背後是一大片的沙丘，眼前是一大片的天空。我的側腰挨了一槍。雖然勉強止了血，但我無法判斷傷口到底有多深。

四周十分安靜，只聽得見細沙被風吹動的聲音。我除了盡可能維持正常呼吸之外，什麼也不能做。

春斗特務呢？他沒事吧？

他是否順利完成了任務？

對不起，我失手了。我在心中如此道歉。

一年前，春斗特務在這裡救了我。他以飛機載著我，幫助我逃離父親的虐待與同伴們的霸凌。

「你願不願意接受訓練，來幫忙我工作？」

當春斗特務這麼問我的時候，我自然沒有理由拒絕。他的同事們都瞧不起我，異口同聲地說：「一個年紀這麼小的孩子能幫上什麼忙？」

我確實幫不上任何忙。我的專長只有模仿鳥類的叫聲。「模仿鳥類的叫聲也是很了不起的才能」，春斗特務這麼鼓勵我。為了讓眾人刮目相看，我咬緊牙關全力以赴。

我所接受的訓練，嚴苛到難以稱之爲訓練。我所接受的鍛鍊，殘酷到難以稱之爲鍛鍊。這樣的日子確實不輕鬆，但我並不感到痛苦。至少我擁有明確的目標，而且我感覺自己變得越來越厲害，這比默默承受暴力好上幾百倍。

「這次我出任務，希望你來幫我。」當春斗特務這麼對我說的時候，我興奮得不得了，因爲這代表自己的能力受到肯定。

「好。」我回答。

「你可別嚇到，這次我執行任務的地點，是在那巨大湖泊的另一頭，也就是你從前生活的地方。」

一年前，春斗特務摧毀了一座位在我故鄉附近的敵方設施。

「敵人好像還在持續進行新的研究。尤其是新型戰鬥機的研發，更是令人膽寒。這次的任務，就是要蒐集相關的情報。除此之外……」

「還有其他目的？」

「我想要解開那個謎。當然，這是我個人的期望。」

一聽到那個謎，我立刻知道指的是什麼。去年我們用來逃脫的工具其實不是飛機，而是滑翔機。照理來說，滑翔機沒有引擎，沒有辦法靠自己的力量飛上天。我們坐進去，才發現滑翔機動也不動。正當我們一籌莫展的時候，那滑翔機彷彿聽見了我們的祈禱，竟然浮上半空，開始往前飛。

直到現在，我們仍不明白那到底是怎麼回事。我們本來猜測機身裡其實裝有引擎，但後來證實並非如此。

當時與春斗特務搭檔的小原特務（他就是錯把滑翔機當成螺旋槳飛機的罪魁禍首）完全沒有反省與道歉的意思，還一副局外人的態度，滿不在乎地說：「多半是偶然颳起一陣強風，把滑翔機颳上了天，後來又剛好順著氣流往前飛吧？」

如果只是被強風颳起，怎麼會先垂直上升，接著才往前飛？

這一年來，我一直思索著這個不解之謎，春斗特務也一樣。

「回到當初那個地方，或許能查出一些蛛絲馬跡。如何，你要去嗎？」

我當然點了點頭。畢竟我的身分不允許我拒絕，況且我本來就不打算拒絕。不是我自誇，以第一次參加實戰而言，我的表現可圈可點。當螺旋槳飛機抵達湖岸，我在前往敵方設施的路上絲毫沒有落後。而且我運用身材矮小的優勢，進入地下管線的空間，成功從內側解除了門鎖。過程中我還施展了暈擊術，讓數名敵人陷入昏厥狀態。

春斗特務與我在設施內會合之後，他以半開玩笑的口吻稱讚我：「眞是令人期待的後起之秀。」

或許是他的稱讚，讓我鬆懈了。

由於走道的前方出現兩條岔路，我們決定分頭行動。沒想到與春斗特務分開之後，我就被敵人發現了。我慌忙逃竄，敵人朝著我開槍，子彈貫穿我的側腹部，鮮血灑了一地，我慌了手腳，只感覺天旋地轉，似乎隨時會昏倒。但絕對不能倒在這個地方，於是我取出熱壓器，按在傷口上，暫時止住了血。雖然痛得忍不住哀號，我仍竭盡所能逃離現場，沿著原路折返。

我一邊喘著氣，一邊跑向當初開來的螺旋槳飛機。就在我爬上一座沙丘的時候，我摔了一跤，一路滾到坡底，再也站不起來了。

我仰天躺著，凝望天空。

看來我的人生到此爲止了。

我已做好心理準備。

〈天空讓人想要跳進去，保證身心舒暢又心曠神怡，畢竟是個難得的天氣，所有的好康全都在這裡。〉

我好像聽見了歌聲。

如果我就這麼消失，明天的事情再也與我無關，是否算是一個幸福的結局？

就在我想著這個問題時，意識逐漸變得模糊。

失言的男人

突如其來的呼喚聲，嚇了我一跳。

轉頭一看，那竟然是上次我失言的對象，也就是餐會上那名體型豐腴的女職員，更是嚇得我心驚膽跳。

因為這裡是福島縣的郡山車站。我把車子開進停車場，才剛下車，就看見了她。如果是在我跟她平常上班的東京都內，或許在路上巧遇不是什麼值得大驚小怪的事情。但在這種地方，我不禁懷疑自己是罪惡感太重，產生幻覺。

「啊，我的老家在附近。」我開口說明。其實我許久沒有回老家，今天特地利用週末回來看看。老爸拜託我幫忙到車站辦點事情，我剛好無事可做，就答應了。

此時夕陽逐漸西沉，天色越來越昏暗。

「眞巧，我的老家也在附近。我等一下要回東京。」

噢，是嗎？沒想到會在這裡遇上。那我們東京見了。

或許我應該說幾句類似的話，就與她道別。事實上，我原本也打算這麼做。不過，她接著說：「現在的工作，我只做到這個月底。就算回東京，我們可能也見不到了。」我頓時慌了手腳。

「難道是……之前我失言的關係？」

「什麼失言？」

「咦？就是上次聚餐的時候……」

她聽到這裡，才大喊一聲「啊啊」，接著臉上漾起笑容。「跟那個沒關係啦。」

我心裡鬆了一口氣，同時又有一種自己的煩惱遭到輕視的錯覺。這當然只是我的被害妄想，或許該稱爲罪惡感造成的反作用力。總之，我忍不住咕噥：「怎麼可能……」

「什麼怎麼可能？」

「呃，沒有啦。我只是覺得眞的對妳很抱歉。嗯，要不要找個地方聊一聊？」

她看了一眼手錶，點點頭說：「在新幹線列車到站前，還有一些時間。」

「雖然這也沒有什麼好說的……」我們在咖啡廳相對而坐，她開口：

「像那樣取笑他人，算是很低級的幽默感。」

「沒錯，妳說得對。」

調侃他人的體型或特質，是最低層次的玩笑，甚至沒有資格稱之爲幽默。當時若不是她四兩撥千金，場面可能會變得相當尷尬。凡是貶低他人的玩笑，或是與性有關的玩笑（俗稱的開黃腔），其實都是幽默感不足的人最後使出的禁忌招式。因爲不具備讓人會心一笑的話術，只好以強硬的手段維持自己的面子。就算以這樣的方式引來笑聲，多半也是帶著無奈的苦笑。

「自從進了公司之後，我就一直處於緊繃的狀態。那時候我滿腦子只想著一定要說點什麼，沒想到卻吐出了最不該說的話。我眞的很後悔，幾乎到了厭惡自己的程度。」

「你想得太嚴重了，你是不是個愛鑽牛角尖的人？」

「不，曾有人說我就像是沒有引擎的滑翔機。」

「什麼啊？」她含著吸管笑了起來。但下一秒她摸了摸脖子，忽然大叫一聲。她的臉色逐漸轉爲蒼白，完全失去了原本的氣定神閒。

「妳不舒服嗎？還好嗎？還好嗎？」我持續問著毫無意義的問題。「是不是貧血？」

「不是，我的項鍊不見了。」

她戴在脖子上的項鍊似乎斷了，不曉得掉在什麼地方。

她陷入沉思，多半是在回想今天自己做了什麼事、去過哪些地方。最後，她說道：「應該是掉在豬苗代湖附近。我白天在那裡陪外甥玩遙控飛機。」

「聽起來很糟。」

如果是在室內的場所，或許還有機會找回來，但如果是掉在湖岸邊，機會恐怕十分渺茫。「在豬苗代湖四周找項鍊」簡直堪稱形容白費力氣的諺語。「要是妳有延後新幹線班次的覺悟，我開車載妳去豬苗代湖，就當是贖罪吧。」

執行任務的男人

不知何處傳來了轟隆聲響。聽起來像是沙塵暴，又像是電流的炸裂聲。我不禁心想，原來一個人在臨死之前，腦袋裡會充滿這樣的聲音。

那聲音非常刺耳。不是什麼動聽的音樂，只是單純的噪音。
那道聲響停止後，隔了一會，我聽見春斗特務的聲音：「喂，快起來！」
他想要把倒在地上的我扶起。
我的腹部一陣劇痛。
「你流了不少血，或許會感到頭昏眼花，但現在沒有時間讓你躺著休息。來，先把這個吃下去。」
春斗特務交給我一顆小小的膠囊。「這是什麼？」我問。
「奈米鎮痛劑。」
「這年頭什麼東西前面都要加一個『奈米』？」
「這樣聽起來比較帥氣。」春斗特務難得說了笑話。
我環顧四周，果然還置身在沙地上。太陽的高度降低了不少。天空彷彿覆蓋著一層陰暗的薄膜，不再是剛剛那種讓人想要跳進去的蔚藍天空。不過，此刻的天空也有一種美感，讓人想要將它包裹在身上。
我搖搖晃晃地站了起來。
「走吧。」「請問……我們的任務……」「雖然不算完美達成，但我偷到了敵人正在研發的東西。」

「眞不愧是春斗特務。」我往前踏出一步，但或許是失去平衡感的關係，整個人差點摔倒。

春斗特務趕緊將我扶住，問道：「你能走嗎？」

「普通走不太行，奈米走還能勉強應付。」我雖然開了個玩笑，但對能夠走多遠完全沒有自信。「我恐怕走不到飛機那裡。你先走，別管我了。」

「不用走那麼遠，我開到旁邊了。」

「你把飛機開到這裡？」

「不是飛機，是我偷來的那個東西。敵人研發出相當有趣的東西，我就停在不遠處，只要走到那邊就行了。」

春斗特務攙扶著我慢慢前進。明明時間緊迫，我卻沒有辦法奔跑，只能眼睜睜看著太陽西沉。

本來以爲有機會逃出生天，最後還是失望了。

驀然間，強烈的光線自前方射來。無數的敵人站在我們面前，手中全都拿著探照燈。

或許是太過疲勞，或許是失血過多，也或許是奈米鎮痛劑的副作用，我的腦袋昏昏沉沉。即使如此，我依然能夠判斷出敵人都舉著槍，隨時可能會朝我們擊發。

果然，我的人生就到此為止了。

好短的人生。我的腦海浮現「奈米人生」一詞。

就在這個時候，突然有一道更明亮、更刺眼的光線，自敵人的後方朝我們的射來。

敵人似乎都嚇了一跳，紛紛轉頭。或許是他們的指揮官下令前往查看，數人朝著光源處走去。其餘的人轉回頭，繼續盯著我們。

春斗特務咂了個嘴。我很清楚他為什麼咂嘴。他本來打算趁機逃走，沒想到敵人慌亂的程度不如預期。

然而，幾秒之後，站在我們眼前的敵人竟然都微微抬起了視線。所有人望著相同的方向，也就是我們背後的天空，似乎驚詫地看著天空，僵在原地。

他們到底看見了什麼？

我跟著轉過頭，沿著他們的視線望去，卻只看見巨大的湖泊，以及變得陰暗的天空。

不，我看見了。

凝神細看之後，我明白了他們驚恐的理由。湖的另一頭，有一團模糊又巨大的東西緩緩靠近。朝著這個方向緩緩靠近。那東西看起來既模糊又朦朧，既像是一大片烏雲，又像是一道將會吞噬我們的巨大人影。

失言的男人

我們抵達豬苗代湖的時候，天色還未全暗，勉強能看見腳下的地面。她拚命回想白天走過的路線，沿著那條路線找了起來。

「那是很重要的項鍊嗎？」我問道。「那是別人送我的東西，眞不該搞丟。」她回答。

「只要努力找，一定找得到。」我這麼說並不是安慰她，而是眞心希望她能夠找到。

我走來走去，瞪大了眼睛看著腳下仔細尋找。過了一會，我竟然聽見她在哼歌。旋律相當輕快，但歌詞有些古怪。我忍不住問：「那是什麼歌？」

「〈海綿超人〉，你沒聽過嗎？」

「海綿超人？沒聽過，那是誰啊？」

「他會把所有的東西都吸掉。人只要活著，一定會遇到很多好事及壞事。因爲沒有辦法挑選及避開，乾脆全部吸掉。」

〈發生什麼事情都無所謂，反正全都會吸得一乾二淨。〉

「吸掉，意思是無條件接受嗎？」

「我也不知道。」她笑了起來。「不過，當我開始這麼想，心情輕鬆不少，或許算是放棄了抵抗吧。」

「妳指的是哪一方面？」

「畢竟我是這副模樣，早就習慣別人看到我不是提起相撲火鍋，就是提起相撲比賽。」

「眞的很抱歉。」我的胃隱隱抽痛，連忙低頭鞠躬。

她露出天眞的笑容，「沒關係，反正全部都會被吸掉。」

〈把接下來所有的一切，都變成我的血。〉

「或許不是無條件接受，總之就是全部吸掉，所以不會委屈自己。」

「那就是海綿超人？」

我不禁想像起電影裡的棉花糖超人。一個體型龐大，身體的材質是海綿的超級英雄，是不是能夠把每個人心中不好的回憶及後悔（舉個微不足道的例子，就像我那個「要是沒說那句話就好了」的想法）全部吸掉？

轉眼之間，太陽已完全下山，能見度變得極差。然而，我並沒有勸她放棄。我根本說不出口，也不打算這麼說。

「啊，乾脆我把車開過來，用車頭燈當照明如何？」

「有辦法開過來嗎？除了這裡之外，有可能掉項鍊的地點，就是那棟小木屋附近。」她伸手指示方向。

於是我回到車上，發動了引擎，緩緩駛入小徑，朝她靠近。接著我熄掉引擎，只留車頭燈。

我下了車，正要走向她時，忽然聽見她大喊：「有了！找到了！」

似乎是車頭燈剛好照在項鍊上，項鍊反射了亮光。眞是太幸運了！我飛奔過去，激動地不斷喊著「成功了」，簡直像是達成什麼豐功偉業。

「眞的很謝謝你！」她向我道謝，我卻只有滿心惶恐。

「請問妳爲什麼要辭職呢？」走回停車處的途中，我這麼問她。她轉頭看著我，下一秒她不知注意到了什麼，突然停下腳步，望向豬苗代湖。「怎麼了嗎？」我順著她的視線望去，只見湖面上懸浮著一團像是薄霧，又像是淡煙的東西。

「那是什麼？」

「我也不知道……它在動。」她目不轉睛地看著。

「好像是湖面在冒煙。」我起先以爲是某種自然現象，但冷靜一想，世上哪有什麼湖面冒煙的自然現象？

煙霧逐漸凝聚成巨大的人形。

「噢，那就是海綿超人吧？他來幫助我們了！」我忍不住想要這麼說。

「那個……該不會是……」她喃喃低語。

「該不會是什麼？」

看見她露出半信半疑的表情，我差點又脫口而出「果然是海綿超人嗎」。

「該不會是昆蟲吧？」

「昆蟲？哪有那麼大的昆蟲？」

我心裡頗不以爲然，伸長了脖子，瞇起眼睛仔細觀察。那一團朦朦朧朧的霧氣，似乎正逐漸擴散。

原來那是無數的昆蟲。一大群蜻蜓之類的飛蟲聚在一起，看起來就像一團霧氣。

那些昆蟲朝我們飛來。

「可能是蜉蝣吧。」

「咦？」

「以前我聽過傳聞……有一次，在這裡舉辦音樂活動的時候，或許是碰上蜉蝣大量羽化的期間，竟然有數不清的蜉蝣飛向活動會場。連正在演唱的歌手，嘴裡也飛進了好幾隻蜉蝣，一邊唱歌，還必須一邊把蜉蝣吐出來。」

那是蜉蝣？

「爲什麼會往這邊飛來？」話一出口，我馬上就想到了。是光，它們是朝著光源而來。

執行任務的男人

趁現在！快跑！不趕緊逃走，就剩死路一條！既然有機會活下去，不要輕易放棄！

春斗特務不斷鼓舞著我。我只能放空心思，遵照他的指示行動。

「那是蜉蝣。」

春斗特務說道。我心想，他指的大概是那些蟲子吧。剛剛從湖面上朝我們靠近的那團東西，並不是什麼巨人，而是一大群長了翅膀的昆蟲。那些昆蟲實在太巨大，而且來勢洶洶，在場的所有人都嚇得手忙腳亂。

沒有人知道那些蟲子爲什麼朝我們撲來。敵人們連忙開槍，四處逃竄。所有人當中，或許只有春斗特務依然保持冷靜。「那些蟲子的翅膀有毒！」他大聲散播著謠言。

突然間，他拉著我拔腿就跑。趁現在！快跑！我在他的激勵下，勉強抬起了沉重的雙腿，將地面往後踢。不少蜉蝣往下墜落，或許是遭子彈擊中了。但牠們不是掉在地上，而是掉在敵人的身上，壓傷不少敵人。沙塵飛舞，遮蔽了視野無數次。

「快上去！」

春斗特務帶著我奔進高聳而茂密的草叢中。藏在草叢裡的東西完全超乎我的想像。

「這是……」

「敵人想要讓牠變成交通工具，目前似乎仍在研發當中……不，應該說是訓練當中。不過，我順利搭到這裡來了。」

「這東西載得動兩個人？」

「籃子擠進兩個人應該沒問題。」

那是一隻蟬。

之前我也看過好幾次蟬，但都是停在遠方的樹上。像這樣近距離停在眼前，是前所未有的經驗。那隻蟬比我們大得多，黑色軀體上有著半透明的翅膀。春斗特務避開了六根宛如纖細機械臂一般的腳，鑽入蟬的身體下方。蟬的腹部確實綁著一個類似籃子的東西。

現在沒有時間讓我猶豫不決。

於是我鑽進籃子裡，以接近蹲下的姿勢抱膝而坐。春斗特務不知何時將一顆好似耳機的東西塞進了耳朵裡。那耳機上連著一條線，外觀像是聽診器。春斗特務抓起線的另一頭，抵在喉嚨，發出尖銳的聲音。聽著不像在說話，而是在高歌。那玩意應該就是控制器，用來向蟬下達指令。

整個籃子開始震動，接著我感覺自己的身體往上浮起。

蟬伸直了牠的腳，空氣劇烈震盪。當我察覺蟬鼓動著翅膀時，我們已飛上空中。

雖然到處都有蜉蝣飛來飛去，但我們乘坐的蟬巧妙地避開了蜉蝣，越飛越快，突破重圍。

直到蟬載著我們飛過巨大湖泊的中心，我體內才湧現「得救了」的安心感。背後看起來沒有追兵。

「我們就搭這玩意回去吧。」

「是。」雖然意識模糊，我仍勉強應了一聲。全身氣力盡失，我不由自主地往後癱倒。

滿月高掛在空中，有如開了一個圓形的孔。我受到誘惑，不禁坐起上半身。低頭一看，眼下的湖面也有一個美麗的圓正在微微搖曳。

失言的男人

我們倉皇逃離那一大群蜉蝣，回到了車上。

「多虧有你，我才能找到項鍊。」她向我道謝。

「我們得趕快回車站才行，不然會趕不上新幹線的末班車。」我我發動引擎，打至倒車檔，轉動方向盤，將車開回車道上。

返回郡山車站的途中，我們的話題一直圍繞著剛剛那一大群蜉蝣。「我以爲那就是海綿超人。」我老實相告。有那麼一瞬間，我以爲巨大的海綿超人要來吸走所有不愉快的事情了。

她笑了一陣之後，說道：「不是你想的那樣。」

「不然是怎麼樣？」

「海綿超人不是那麼特別的東西。每個人都能成爲海綿超人，包含我在內。」

海綿超人存在於世界上的每個角落。」

不知爲何，「存在於世界上的每個角落」這句話讓我的心頭一震。「眞的嗎？」

「啊，我先回答剛剛的問題。」

「剛剛的問題？」

「我要結婚了，所以只做到月底。」

「哦，原來如此。」

「你心裡一定想著，原來這麼胖的女人也能找到對象，是吧？」

她以開玩笑的口吻說道。我當然立刻否定。理由並不是什麼「青菜蘿蔔各有所好」，而是我認爲像她這樣不自暴自棄的樂觀心態，確實具有吸引人的魅力。

「對方是高中同學。起初我們只是普通的朋友關係，不知不覺間越走越近……」

「那很好啊。」

「我的體型龐大，容易引人注目，他跟我交往起來特別辛苦。」

「引人注目其實也沒什麼不好。」

我說道。「嗯，也是啦。」她漫不經心地應了一句，接著彷彿要岔開話題，談起工作上的事。

之後，我再也沒有機會與她見面。但過了一陣子，網路上出現一個傳聞，某當紅演員的結婚對象其實長得完全不像模特兒卡琳，是個體型非常圓潤的女人。我一得知這個傳聞，直覺認爲那應該就是她吧。

直到現在，我依然沒有辦法驗證我的推測。但從此以後，我就對那個當紅演員頗有好感，甚至可說是變成了他的粉絲。

第三年

不光彩的男人

一開始乖乖道歉不就好了？

我經常冒出這樣的想法。

前幾天，我開著公司的車子在外頭跑客戶的時候，旁邊突然衝出一輛豆腐店的箱形車，與我的車子發生擦撞。我立刻將車子停在路旁，與對方的駕駛討論後續處理事宜。這起車禍不管怎麼看，原因都是對方的疏失，對方卻一直碎碎念個不停，反覆說著「我可是一直注意著路況」之類的推卸話語，把錯全怪到我頭上，害我十分傻眼。

「你這個人到底怎麼回事？這又不是什麼重大的車禍，只要你老實道歉，我們也不打算追究責任。既然你是這種態度，我明白了，我們一定告到底。」

坐在我的副駕駛座的小森課長大聲說道。她有著苗條的身材，外表相當年輕，完全看不出已四十五歲。據說她有三個兒子，全都到了青春期的年紀。在公司裡，沒有人不認同她是一個優秀的上司。此刻她突然以挑釁的口吻向豆腐店箱形車的駕駛宣戰，對方嚇得臉色發白。我不禁暗想：「乖乖道歉不就好了？」對方這才驚覺不妙，趕緊畢恭畢敬地說了一句「眞的非常抱歉」，配上九十度鞠躬。

返回公司的路上，坐在副駕駛座的小森課長說道：「那種人到底在想什麼？他們不敢道歉，是害怕打官司會輸嗎？」

「確實常聽到這種說法。」我回答：「聽說在美國，發生車禍時如果先道歉，打官司一定會輸。」

「怕被法官認定『道歉代表心虛』嗎？但我眞的認為，很多時候老實道歉比較能解決問題。」

「是啊。」附和的同時，我想起公司裡的某個人。

「道歉也需要勇氣，所以不少人都得了『無法道歉病』。」

「無法道歉病？」

「這種人只會碎碎唸著各式各樣的藉口，把錯推到別人的頭上，或是說一些騙不過三歲小孩的謊言。彷彿說出『是我的錯』或『我給大家添了麻煩』就會死掉。」

我進公司到現在已邁入第二年，雖然適應了份內的工作，但還不算駕輕就熟，犯錯的機率依然相當高。因此，聽了小森課長這番話，我有些心虛。事實上，我曾忘記聯絡客戶，卻不敢老實向上司報告，只好一邊拖延時間，一邊慌忙聯絡客戶，暗中彌補自己所犯的過錯。「可能是怕他人對自己的評價降低吧。」我說道。

「其實我也能體會那種心情。」

我的腦海又浮現剛剛那個人的身影。

廣告宣傳部的某資深主管，身材高䠷，戴著一副眼鏡。

「你想到了門倉課長，對吧？」小森課長一針見血地說出我腦中那個人的名字。我嚇了一跳，握著方向盤的手微微抖了一下，差點脫口問「您怎麼知道」。我故作鎮定，換了一個問題：「小森課長，我記得門倉課長跟您是同一時期進公司？」

「是啊，我們都叫他『哈腰倉』。」

「哈腰倉？」我嘴上反問，其實不難想像出門倉課長爲什麼會有這樣的綽號。門倉課長性格平穩，從不對部下發脾氣，也不曾毫無意義地大呼小叫。他沒有過人的創意，也不具備高明的溝通協調能力，可說幾乎沒有什麼長處，之所以能夠當上課長，完全是他擅長道歉的緣故。不，嚴格來說並非「擅長」，而是「不排斥」。這是包含我在內，所有較資淺的職員的共同認知。

每次看到他，他都在道歉。就像動物園的貓熊都在睡覺，鯨頭鸛都在發呆一樣，門倉課長隨時隨地都在鞠躬哈腰。可能是在公司的某個角落，也可能是在拜訪客戶的時候。總之，他一直在向人低頭，恭恭敬敬地說著「眞是非常抱歉」之類的賠罪話語。由於他的個子高，一旦彎下腰，實在引人注目。

「他的情況，反而是道歉過頭了。」小森課長笑道：「從前他還經常向人下跪……但你知道嗎？被下跪的一方其實也會感到困擾。有一次頂頭上司生氣地訓斥他，以後別再幹下跪這種事。」

我不禁想像起門倉課長向人下跪的畫面。「別人是沒有道歉的勇氣，門倉課長是道歉的勇氣太多？」

「老實說，我認爲那不是有勇氣，而是自尊心不足。」

「自尊心不足？」

「看著門倉先生，我總會疑惑，像他這樣的人，活著有什麼樂趣？」

「有沒有可能……他在家裡是個對老婆頤指氣使的人？」如果人生有這種反差，或許挺有意思。

你簡直就像是沒有引擎的機器。

兩年前，當時的女友在跟我分手之前，說過這樣的話。說得明白一點，她認爲我是一個不值得依靠的人。如果把全世界的男人分成兩大類，我與門倉課長應該會被歸爲同一類吧。因此，我對門倉課長有種同病相憐的親近感。

「根本沒那回事。他老婆凶得很，他在老婆的面前完全抬不起頭來。你知道嗎？門倉先生一天到晚買彩券。」

「彩券？」

「我猜他大概是打算如果中大獎，就辭掉工作，順便把老婆也休了。」

「靠彩券海撈一筆，從此過著不用工作的生活……我也常有這種幻想。」

小森課長乾笑了兩聲。

歸還的少年

你這陣子跑去哪裡了？

站在我眼前的孩子們問道。雖說是孩子，但年紀跟我一樣。換句話說，我自己也是個孩子。但不知爲何，一陣子沒見，他們在我的眼裡竟然充滿稚氣。

「那架飛機是怎麼回事？你到底跑去哪裡了？」站在中間的少年，正是當初帶頭欺負我的孩子王。只見他鼓起臉頰，說道：「你爸快氣炸了，你知道嗎？」

兩年前的我，逃離了這些愛欺負人的壞孩子，以及只會對我施暴的父親。我在寬廣的沙地上不斷奔逃，就在我幾乎放棄希望的時候，春斗特務救了我。當時他才剛完成入侵敵方設施的任務。他讓我搭上飛機，逃離陰暗憂鬱的日常生活。

「我還記得，你那時候打了我。」那鼓著臉頰的少年往前一步，臉上帶著不懷好意的微笑。

我不禁有些驚訝。爲什麼他如此強勢，完全不把我放在眼裡？

這兩年來，我在春斗特務的指導下，持續接受嚴苛的訓練。而且從一年前起，我就參與不少實戰。好巧不巧，我執行的第一項實戰任務，就是在這塊土地上。相較之下，這些孩子只會藉由欺負弱者來發洩鬱悶的情緒。如今的我，不管是腕力、敏捷性或格鬥技巧，都與他們有著天壤之別。即使如此，眼前的少年還能表現出這麼強硬的態度，實在令人難以置信。這意味著，他們絲毫沒有判斷敵人強弱的能力。

他們的心中依然充滿對我的輕蔑。

「我當時受的傷，到現在都沒有痊癒，你要怎麼負責？」他一邊說，一邊伸出右手，想要推我的肩膀。

我還沒有想清楚，身體已採取行動，避開了他的手。

見他吃了一驚，我也驚覺不妙。

不能在這種時候節外生枝。

事實上，我才剛從敵方的設施離開。去年我跟隨春斗特務前往該設施，是爲了取得新型戰鬥機的情報。但這次的任務目標，是破壞設施內的電腦。

「這次的任務，你應該能夠獨力完成吧？」春斗特務這麼問我。

「是。」我回答得斬釘截鐵。第一次單獨接下任務，心中當然多少有些不安，不過我有自信完成任務。

事實證明，我一路沒遇到太大的阻礙。雖然尋找電腦室多花了一些時間，最後還是成功設置定時炸彈。只是在回程途中，不巧遇上這些少年。

此時最好的處理方式，就是想辦法打發他們，立刻離開這個地方。

我如此告訴自己。

眞要說的話，我想趁此機會狠狠教訓他們一頓。說得更明白一點，我想要把每一個人都打到站不起來。我有一種錯覺，彷彿兩年前的我，就站在我的身後。當年那個過著不見天日的生活，每天忍受著屈辱與痛楚的我，正朝我大喊：「揍扁他們！不用對他們手下留情！」

然而，在這種地方做出引人注意的行爲，絕對不是明智之舉。

定時炸彈馬上就要爆炸了。一旦爆炸，敵方設施一定會派出追兵。當追兵來到這裡，發現幾名少年躺在地上，很可能會詢問他們發生什麼事。「誰把你們打成這樣？」「動手的少年，其實就是入侵設施的特務！」要是敵方得知我的出身背景就糟了。雖然不確定這種情況到底算不算糟糕，至少春斗特務得知此事想必會相當失望。那就眞的糟了。

因此，我決定不傷害他們，只隨手擋下他們的攻擊，丟下一句「夠了，你們別纏著我」，便快步離開現場。但他們追了上來，像兩年前一樣將我圍在中間，彷彿把我當成獵物。

挨打不還手，我實在是嚥不下這口氣。

驀然間，我想起春斗特務的教誨。

「你聽好了，能夠靠道歉解決的事情，都是小事。除非萬不得已，否則不要動手。」

「光是道歉，恐怕會被對手瞧不起。」

「就算被瞧不起，我們也不痛不癢。重要的是，必須完成我們肩負的使命。」

「寧願讓自尊心遭到踐踏，也在所不惜？」

「自尊心？」春斗特務笑了出來。「那種東西有什麼用？當然，相信自己的能力是一件很重要的事，但如果只是道歉就會損及自尊心，這種自尊心不要也罷。越是沒有自信的人，往往越重視面子及尊嚴。一個充分相信自己的人，根本不會在意周遭的人怎麼想。」

我聽到這裡，忽然有些不安，忍不住問：「所謂的自尊心……到底是什麼？」

眼前的幾個壞孩子依然朝著我不斷胡亂揮拳。一邊是擅長格鬥及殺人的特務，另一邊是只會欺負弱小的壞孩子。他們完全沒有察覺雙方的實力差距。

就在我暗忖要趕快脫身的時候，倏地想起一件事。我任憑壞孩子的拳頭打在自己的肩膀上，開口出聲：「對了，我有件事要問你們。」

「你想說什麼廢話？」對方似乎以爲他的拳頭發揮了效果。

「兩年前，你們追趕著我，我坐上了一架飛機。那架飛機其實沒有引擎，後來卻飛上了天空，我到現在都不明白究竟是怎麼回事。」

就算是當時握著飛機操縱桿的春斗特務，也沒有辦法解答。如今「解開這個謎」成爲我們共同的心願。

幾個壞孩子面面相覷，說道：「沒有引擎，卻飛上了天？」

「是啊，到底是怎麼飛上天的？」

站在正中間的少年忽然鼻翼翕張，高傲地說：「向人請教事情，是這種態度嗎？你應該低下頭，誠心誠意地說『請教教我』才合道理吧？」

天底下根本沒這種道理。我心裡雖然這樣想，仍順從地對他低頭鞠躬，懇求道：「請教教我。」

「頭太高了。你應該跪下去，把頭貼在地上。」

唉，我嘆了一口氣。只要我出手，一瞬間就能捏碎這傢伙的喉骨。不過，算了。我跪了下去。

什麼是自尊心？

春斗特務的回答迴盪在我的腦海。

「自尊心？那只是一個毫無意義的詞彙。」

不光彩的男人

「啊，是不是太吵了？」東北新幹線的列車上，坐在我旁邊的門倉課長忽然取下耳機，對著我問道。

「咦？」我愣了一下，才明白他擔心耳機不知是否漏音。「不會，完全不吵。」

「我正在學英語會話。」

「您要去國外旅行嗎？」

「國外旅行？我這輩子從來沒出過國。」門倉課長的臉頰微微泛紅，顯得有些不好意思。

「噢……」前幾天我才跟小森課長聊到門倉課長的事，沒想到今天就和門倉課長一起出差，著實讓我嚇了一跳。

廣告宣傳部企劃了一個活動，有可能會在福島縣的豬苗代湖畔舉辦，上頭派門倉課長到當地確認場地狀況。

「大家都很忙，我應該是最閒的人，所以就自願前往了。」門倉課長如此向我解釋。上頭命我陪門倉課長一同前往，是因爲我的老家就在豬苗代湖附近，對那一帶比較熟。

「所以我也很閒嗎？」雖然想這麼吐槽，幸好我忍下來了。

「別說是外國，我連豬苗代湖也沒去過。」門倉課長說道。他的雙眼像小學生一樣綻放出興奮的神采。「應該是個很棒的地方吧？」

「嗯，那裡安靜又開闊，景色優美，我非常喜歡。不過什麼也沒有就是了。」

「什麼也沒有？」門倉課長一臉詫異。

「對啊，什麼也沒有。」

「既然叫豬苗代湖，至少有座湖吧？」

「啊，湖當然是有的。」

「那就好。」門倉課長露出鬆一口氣的表情，不知是在開玩笑還是認眞的，說道：「有湖就行了。」

「嗯，是啊。」我只能這麼回答。

其實我的內心原本有些期待。在公司裡只會一天到晚向人賠罪，感覺相當窩囊的門倉課長，或許不是個省油的燈。雖然出差的時間只有短短的一天，但藉著在新幹線列車及汽車上的對話，搞不好能發現他的過人之處。

可惜與門倉課長相處的這段期間，反而證實了眾人對他的刻板印象並沒有錯。

在新幹線列車上，女販賣員不小心撞到他，咖啡灑了出來，女販賣員還沒有道歉，門倉課長卻先低頭道歉了。坐在前面座位的男人把椅背整個放倒，門倉課長低聲下氣地請求對方稍微把椅背升高一點，對方反倒臭著一張臉。我心裡氣不過，想要和對方理論，門倉課長制止了我。只見他瞇起眼睛，露出一副不知是哭還是笑的表情，嘴裡直說著「沒關係、沒關係」。

後來我跟他閒聊，聊到了他的家人，他說在家裡完全不敢違逆妻子，三個女兒也非常瞧不起父親，眼裡只有他的錢。有一次，他在街上遇見二女兒，二女兒竟然假裝不認識他。妻子一天到晚提醒女兒「以後別跟爸爸這樣的人結婚」。總之，門倉課長本人毫無意外之處，反而讓我相當驚訝「怎麼會跟我原本的想像一模一樣」，完全沒有新鮮感可言。除此之外，他還說了一些自己的窩囊經驗，比方看電視轉播的拳擊比賽，日本拳擊手成為重量級冠軍，他興奮地揮舞手臂，結果手臂竟然脫臼了。

我不由得想起前幾天參加某搖滾音樂活動，某樂團的一首歌。

〈一敗塗地吧，夾著尾巴逃吧／Hey 大聲呼救吧，你是約翰你是波吉（註）
／帶著苦笑放棄希望吧〉

註：約翰、波吉皆是常見的狗名。

〈自尊心是什麼？沒那種東西啦〉

唱著就算當一隻敗犬也無所謂的豁達感，既有趣又讓人心生共鳴。

不過輸並不代表就是敗犬。從來沒贏過，也不代表就是敗犬。

輸家與敗犬不能畫上等號。

只有自暴自棄地承認自己是輸家，接受自己贏不了的事實時，才能算是敗犬。

在這層意義上，即使沒有做錯事也會低頭道歉的門倉課長，我在他身上感受不到一絲一毫的自尊心，那確實是**敗犬的姿態**。

我開著租來的車子，從郡山車站前往豬苗代湖。坐在副駕駛座的門倉課長頻頻向我道歉：「眞是不好意思，讓你負責開車，我雖然有駕照，卻幾乎不會開。」我按捺不住，脫口喊了一聲「課長」。

「怎麼了？」

「呃……」此時心裡彷彿有兩個我在爭論。一邊的我勸著：「多一事不如少一事，別胡亂開口！」另一邊的我則大喊：「讓我說！我再也忍耐不了！」

天人交戰的結果，我還是開口說道：「課長，一直道歉不會很累嗎？」

「咦？」

「我看您似乎一直在道歉。」後面本來想要接一句「眞是窩囊又丟臉」，但我忍了下來。

「做錯事，本來就應該道歉，不是嗎？」

「但您就算沒做錯事，仍不停道歉。」

「有這回事？」門倉課長露出納悶的表情。「我自己完全沒有發現。」

他的口氣就像是沒做什麼特別的事，只是普通地做自己，卻廣受異性歡迎的帥哥，被問到高人氣的祕訣，有些惶恐地說「我沒意識到這一點耶」。

「如果道歉就能了事，不是再好不過嗎？當然，如果是國家與國家之間的關係，或許沒有那麼單純，但人與人之間的關係，老實道歉往往會比死要面子更能夠順利解決問題。」

「眞的嗎？」

「有些人說什麼都要爭一口氣，像這種人多半沒什麼本事。」

「眞的嗎？」我忍不住又問了一次。

「沒錯，當然是眞的。」門倉課長說得斬釘截鐵。看著那副煞有其事的模樣，我不禁覺得有這樣的人生理念其實也挺帥氣。

每個人的生活態度不盡相同。既然門倉課長擁有屬於他自己的信念，那也是非常值得驕傲的生活態度。

不過，就在車子差不多抵達豬苗代湖的時候，像是魔法終於解除，我赫然回神，暗想：「嗯，那還是很窩囊。」

歸還的少年

兩年前，我與春斗特務乘坐的無引擎飛機爲什麼能夠飛上天空？

如果能夠揭開眞相，春斗特務一定會稱讚我。一想到這點，我就告訴自己務必要查個水落石出。

「求求你們告訴我。」我說著，正打算要跪下。

就在這時，傳來轟隆巨響。左前方的遠處有黑煙裊裊上升。

看來是定時炸彈爆炸了。

我曾向手錶，確實到了預定爆炸的時間。

四周的地面震動，圍繞著我的壞孩子們全都嚇得左顧右盼，嘴裡大喊著「爆炸、爆炸」。

我耗盡了所有可利用的時間。

現在我必須立刻離開這裡才行。

我轉過身，朝著當初搭來的飛行機器快步前進。沒想到那些壞孩子又追上來，將我圍住。

「你以爲逃得掉嗎？」其中一人丟出一句。若眞要回答，我只能說：「當然，這一點也不難。」

「我想早點回家。」最後我如此告訴他們。

「回家？回你爸那個家？到頭來，你還是找不到能待的地方啊。」

看來，他們無論如何就是要取笑我。

我又想起了春斗特務那句話：「能夠靠道歉解決的事情，都是小事。」於是我朝他們低頭鞠躬，說道：「對不起，請你們放過我吧。」

我的頭上挨了一拳，但我完全不當一回事。

總之現在分秒必爭。

必須立刻離開才行。

偏偏他們纏著我不放。我急著離開，他們就是不讓我走。就在他們對我糾纏不清的時候，一群來自敵方基地設施的武裝士兵將我們團團包圍。

「全部不准動！你們在這裡做什麼？」一名持槍的士兵喝道。

敵方約有十人。想必是在定時炸彈爆炸之後，他們就開始在周邊一帶進行搜索，想要找出設置炸彈的入侵者，也就是我吧。動作眞快。當然也可能是我在這裡浪費了太多時間。

現在該怎麼辦才好？

令人驚訝的是，原本圍著我大呼小叫的孩子們，顯得非常畏怯。忽然間被十個大人拿槍指著，他們嚇得動彈不得，身體瑟瑟發抖。

「你們在這裡做什麼？」士兵又問了一次。

「沒……沒什麼……」一個孩子戰戰兢兢地說道。我看著他們，朗聲回應：「他們在欺負我。」

那些壞孩子們全都轉過頭來看著我，彷彿在質問「你幹麼說出來」。我以眼神示意，這些持槍的人想找的不是壞孩子，只要我這麼說，我們就很有可能獲得釋放。

這些孩子在欺負他？說穿了就是一群孩子在吵架嗎？

士兵們面面相覷，似乎在討論當下的狀況。我一點一點地往後退，盡量遠離所有人。

此時唯一的辦法，只有找機會拔腿逃走。但我不敢肯定如果士兵開槍，我能否全身而退。

腦海浮現各種不同的做法，卻都相當危險。

「對不起……我們要怎麼做……你們才會放過我們……」其中一個壞孩子帶著哭聲問道。

「我們眞的什麼也沒做……」孩子王也哭了起來。

如果敵方見了孩子們的反應，能夠放過我們，就再好不過了。我高舉著雙手，默默觀察那些持槍士兵。

放他們走吧！我滿心期待敵方丟下這句話，轉身離開。

然而，現實畢竟沒有那麼美好。站在正中央的男人開口：「上頭指示不能放過任何可疑人物！把他們都抓起來！」

壞孩子們紛紛發出哀號，有的甚至嚇得蹲在地上。

「要是有人抵抗，就直接開槍！」

該怎麼辦才好？我絞盡腦汁，拚命思索。面對這樣的敵人，道歉恐怕沒有什麼用。

不光彩的男人

在郡山車站等待回程的新幹線列車時，我們走進了車站內的一家咖啡廳。

門倉課長談起對豬苗代湖的感想。在我的眼裡，今天的豬苗代湖平凡無奇，與過去沒有絲毫不同。然而，第一次造訪豬苗代湖的門倉課長卻讚不絕口，直說豬苗代湖實在太美了。聽著就像是故鄉的英雄受到了讚美，感覺自然不壞。

「這裡也很適合當廣告的拍攝地點，看來回去能順利交差了。」

「噢，這樣啊。」我心不在焉地應了一聲。當然，我並不是有什麼惡意。

門倉課長津津有味地吃著廉價的蛋糕，露出了好好先生的微笑，說道：「我要是在家裡吃這種東西，老婆和女兒就會一臉嫌棄，說我像個孩子。」我看著他，彷彿看見未來的自己，頓時有些沮喪。

我一再警告自己，絕對不能亂說話。

去年的我，有了一次慘痛的教訓。受到現場氣氛的影響，不小心吐出傷人的話，陷入自我厭惡的泥淖之中，那種感覺實在痛苦。

由於有了那次的經驗，我明白此刻不能亂說話。門倉課長，一天到晚向人道歉，難道您沒有自尊心嗎？這樣的人生有什麼樂趣？雖然想這麼問，但我忍了下來。

最後，我選擇了另一個話題：「門倉課長，前幾天聽小森課長說，你喜歡買彩券，是眞的嗎？」

「小森課長嗎？她眞的很優秀呢。」

您不會覺得不甘心嗎？我把這句話吞回肚裡，改爲問道：「如果中了彩券，您打算怎麼花？」

「我原本打算中頭獎的話，就辭掉工作，過著自由自在的生活。」

「原本打算？」

「仔細想想，其實我不討厭現在的工作。」

「可是，您不是一天到晚都在道歉嗎？」我脫口而出，正想著搞砸了，門倉課長卻似乎並不以爲意。他沉穩地微笑道：「這工作其實相當考驗技術及經驗。」

「但如果眞的中頭獎，不太可能繼續工作吧？」

「中了頭獎也沒有什麼分別吧。唔，反正我中的是前後獎（註）。」

「咦，對不起，您說什麼？」我懷疑自己是不是聽錯了。

「嗯？噢，前後獎。」

「您……中過前後獎？」

「正確來說，是中過後獎，也就是頭獎後面的那個號碼。就在上一期的大樂透。」

「大樂透的前後獎？那個獎金應該超級多吧？」

門倉課長並不顯得特別興奮，只是淡淡點了點頭，說道：「嗯，約莫一億圓吧。」我一聽，差點沒尖聲大叫，只能不停喊著：「等一下、等一下、等一下……」

「別緊張，我一定會等你。」

「課長，您說的是眞的嗎？沒有騙我？」

「我幹麼騙你？」

「這種事情隨便告訴別人好嗎？」「爲什麼不能告訴別人？」

「讓人知道您有這麼多錢，您不會擔心嗎？」

就連我也不禁擔心剛剛的對話被周圍的人聽見。這消息要是傳出去，搞不好會引來竊賊，甚至是勒索恐嚇。

「噢，不要緊、不要緊。」門倉課長笑得露出牙齒。「我全部捐出去了。」

「咦？」我忍不住反問。

「我全部捐出去了。那時候我剛好看見電視新聞報導，有個孩子需要高額的手術費用，所以正在募款。好像是器官移植，必須到國外才能動手術的樣子。」

「您……說的是眞的嗎？」

「是啊，包含機票錢之類的，費用實在很可觀。那孩子太可憐了。」

註：日本彩券的特殊規則，指頭獎數字的前一號及後一號，同樣能夠獲得高額獎金。

「我不是指這個……您真的把錢都捐出去了？」

「對啊。」

「嗯，要是被家人知道就糟了，所以我只能偷偷捐。」

「全……全部嗎？」

「您把錢全都捐出去了，這樣好嗎？」課長的每一句話，我都聽得一清二楚，腦筋卻一時轉不過來。

「這樣不好嗎？」

「倒也不能說不好……但您不覺得很可惜嗎？」我的聲音微微顫抖。

「要說可惜嘛……我買那張彩券，其實只花了三千圓左右。」

「您在開我玩笑嗎？」我的口氣不禁變得粗魯。眼前這個吃著蛋糕、一天到晚只會道歉的敗犬，在我的眼裡突然顯得無比巨大。

「彩券這種東西，最有趣的是期待中獎的過程。一旦中了獎，反倒覺得沒什麼大不了。」

聽你在放屁。

我忍不住想要這麼說，但此時課長的身上彷彿散發出耀眼的光彩，那溫暖的光輝令我陶醉不已。

簡直太帥了。

適不適合以這句話來形容，其實我也說不出個所以然。我已不知該如何評價眼前的男人，唯一能確定的是，他絕對不是敗犬。

「啊，不過這件事請你不要說出去。畢竟有些人會覺得捐款這種行爲太僞善。」

課長，您眞是了不起。

我又想起了那個樂團的歌曲。

〈自尊心是什麼！就只是自跟尊跟心！〉

自尊心？那僅僅是一個毫無意義的詞彙。

胸口一陣雀躍，我的心情愉快了起來。

但下一秒，門倉課長突然伸手往自己的西裝外套上一陣亂摸，喃喃說著「哎呀」，又在公事包裡東翻西找。

「怎麼了嗎？」我問道。「我的手機不見了。」他一臉泫然欲泣，「搞不好弄丟了。」

搞不懂這個人到底是帥氣還是窩囊，我苦笑著說：「我打一通電話到您的手機看看。」

歸還的少年

起初，我根本不曉得發生了什麼事。只知道突然出現強烈的震動、刺耳的聲響及巨大的閃光。我沒辦法判斷這些現象的發生順序，也有可能是同時發生。總之，那些手持槍械的敵人背後，地面忽然劇烈搖晃。當然，雙方的腳下是相連的沙地，我也感受到地面的震動。

地面的下方有個物體正在發光。那似乎是一片相當巨大的板塊，就埋在地底。

刺耳的聲響，形成了震耳欲聾的旋律，在場的所有人都忍不住摀起耳朵。我也不例外。不過我馬上察覺，此刻是逃走的好機會。

雖然震動與噪音令我雙腿發軟，我仍奮力奔跑。

身後的敵人可能會開槍，但在劇烈晃動下，恐怕難以精確瞄準。

我什麼也沒想，只是全心全意地狂奔，終於成功衝進一片草叢。「噴射蟬」就停在那片草叢中。那其實是去年我們從這裡的基地設施奪走的蟬，我們加以改良運用，使其成爲方便的飛行機器，並且給了牠「噴射蟬」這個稱號。我以最快的速度跳入蟬身下的籃子。

取出聽診器型的控制器，我命令蟬立刻起飛。

隨著振翅聲越來越響，蟬的飛行速度也越來越快。我從高空俯瞰地面，發現剛剛我所在的地點，依然不斷放射出刺眼的光芒。

第四年

進公司第三年的男人

同樣的工作做到第三年，再怎麼樣也習慣了。「年資大約三年的職員最難搞，明明乳臭未乾，心態上卻當自己是資深職員，喜歡在新人面前擺出一副老鳥面孔。」連資深職員的調侃，我也都習慣了。

「做到第三年之後，通常會開始動歪腦筋，搭訕客戶公司的女職員。」業務部的主管如是說。但我心想，這年頭早就沒有人使用「搭訕」這種字眼，而且想要戀愛是一切生物的基本慾望，不能稱之爲歪腦筋。我差點忍不住反駁，不過我吞回肚裡了。

學生時代，批評我沒有定性，丟下一句「你就像沒有引擎的機器」便離我而去的前女友，我也許久不曾想起。

那是發生在某個加班的晚上的事情。

由於隔天要使用的資料還沒有完成——其實原本已完成，但我不小心在存檔之前刪掉了部分內容，只好加班做著苦行般的工作。等我注意到的時候，部門裡的同事幾乎都下班了，辦公室一片昏暗。

最後一個離開這個樓層的職員，必須負責上鎖及開啓保全系統，所以我看了一下時間，走向辦公室裡依然亮著燈光的其他角落。這麼做的目的，當然是爲了確認其他加班的同事大概會待到什麼時候。

那個加班的同事，是個比我資深的女職員。

她蹲在地板上。不，嚴格來說，幾乎是趴在地板上。起初，我以爲她在玩迷你小汽車。因爲她的姿勢，看起來就像是推著放在地板上的迷你小汽車。

但仔細一瞧，她手裡的東西並不是迷你小汽車。

那是一只倒蓋的馬克杯。我整個人傻住了，有點擔心自己是不是看見了不該看的奇景。

她察覺我的視線，維持雙膝著地的姿勢，抬起頭問：「哦，松嶋，有什麼事嗎？」

她竟然知道我姓松嶋，我有些驚訝。事實上，我也知道她姓「天野」。她比我早兩年進公司。

「我在加班。」「我也是啊。」

「請問妳在趕什麼工作？」我們公司有什麼部門的業務，需要把馬克杯放在地上推來推去？

「噢，你說這個嗎？」她笑了起來，似乎終於明白我心中的疑惑。

「你要聽嗎？」

「請務必告訴我。」

「這也是無可奈何。簡單來說，是一個令人頭皮發麻的悲劇。」

「噢？」

聽完她的解釋，我確實感到頭皮發麻。

原來如此。

是小強。深夜的辦公室地板上，出現了一隻烏黑油亮的小強，恐怖至極。

她當下吃了一驚，決定立即採取行動。但她不敢打爛牠，當然更不敢抓。

「我只好用這個把牠蓋住。」她指著馬克杯說道。

「妳的意思是，那個杯子裡……」「沒錯，就是那種蟲。」

我尖聲大叫，腦中的第一個想法是轉身逃走。然而，將一名女性單獨留在這裡，我有些良心不安。「那麼，妳打算怎麼處理？」

「我正在煩惱這一點。」

她把小強關進馬克杯裡，這是個好方法，但沒有解決任何問題。一旦拿掉馬克杯，小強就會逃走。

「不然拿一張薄薄的紙，插入地板和馬克杯之間……」

「說得倒簡單，你來試試看。」她氣呼呼地說道。

「我不要。」雖然她是職場前輩，我還是斷然拒絕了。

「看吧，你也做不到。所以我只好這樣移動杯子……」她推動馬克杯，那模樣就像在玩迷你小汽車。「推到牆角。」

「推到牆角，然後呢？」如果辦公室的外頭就是庭院，還能設法把小強甩出去，但這裡是公司大樓的八樓。光是想到牆角有一隻小強，就教人毛骨悚然。

「總比放在這裡好。」

「話是沒錯，但難道妳要推著這玩意進電梯？」「松嶋，你在取笑我嗎？」

「沒那回事。」

最後她的做法是，將馬克杯推到角落的垃圾筒附近。「反正，之後總有辦法解決。」她起身說道。

「真的有辦法解決嗎？」我露出傻眼的表情。「還有，這馬克杯妳要怎麼處理？」

「沒關係，就這樣吧。」

「浪費一個馬克杯，不是很可惜嗎？」

那馬克杯上印著最近流行的高級品牌標誌。她朝馬克杯瞥了一眼，接著轉頭望向自己的座位附近，聳聳肩說：「那是課長的杯子。」

我感覺自己的臉頰在抽搐，「課……課長的杯子？」

「我沒想太多，順手就拿來用了。」

「這可不是一句『沒想太多』就能解決的事情。」

「沒關係，就這樣吧。」她高舉雙手，伸了個懶腰。事後回想起來，她可能是懷著相當大的覺悟，想要斬斷過去的枷鎖，才會對我說出眞相。「其實，我以前是課長的小三。」

「咦？」

「他說會跟妻子離婚，我一直相信著他，後來我終於等不下去了。用他的馬克杯做這種事，也只是剛好而已。」

「呃……」我一時不知該說什麼才好，腦袋一片空白。

接著，她露出大功告成的表情，收拾東西準備回家。我愣愣站著，不確定是否該走回自己的座位。

「我跟他耗了三年，整整三年。」她一邊拉上公事包的拉鍊，一邊說道：「簡直是浪費我的時間。」

我的腦袋裡響起從前常聽的一首歌。

〈時間和他人的心情沒有辦法控制〉

我受了那歌詞影響，忍不住開口：「時間和他人的心情，妳永遠拿這兩件事沒轍。」

〈但除此之外，除了這兩件事之外〉

「但撇開時間和他人的心情，基本上大部分的事情都能搞定。」

這兩句話竟然說得如此鏗鏘有力，連我自己也嚇了一跳。

她頓時睜大眼睛，笑了出來。「松嶋，你才進公司第二年，說起話來這麼老氣橫秋。」

救人的少年

春斗特務實在太可憐了。

偶然經過基地內的會議室時，我又聽見了當初在總部聽見的話。不，其實並非偶然，而是我非常擔心春斗特務的安危，爲了蒐集相關情報，刻意在基地內來回走動，聽見一名剛開完會的長官如此說道。

「眞是可憐，他一定是被陷害了。」

「他是派系鬥爭的犧牲者。」另一人也以同情的口吻說道。

據說，春斗特務是在潛入敵方基地的時候被逮住了。就是我三年前逃離的故鄉（嚴格來說不能稱爲故鄉，因爲我對那塊土地沒有絲毫懷念），當地的那座敵方設施。

他又去了那個地方。

兩年前，我們搭檔去執行任務。去年，我一個人去執行任務。兩次的任務都出了差池，最後在千鈞一髮之際逃脫。因此，對我來說，那是個受到詛咒的地方。

我跟春斗特務最後一次見面，是在一個星期之前。當時是在基地內的餐飲區，他剛好坐在我的旁邊。

當時說了什麼？我試著回想。

「春斗特務，聽說你結婚了？」或許問這種私人的事情有些失禮，但這是我從以前就很想問的問題。仔細想想，我對於春斗特務的私生活一無所知。「前陣子我聽小原特務說的。」

小原特務是個隨時隨地都在吃零食，腦袋裡彷彿除了食慾之外什麼都沒有的男人。從身爲諜報員的才能來看，他與春斗特務有著天壤之別，但不知爲何，兩人經常搭檔一起行動。

「嗯，我結過婚，後來我老婆生病死了。」

後半段我並不知情。如果知道的話，我就不會提這件事了。小原特務果然是個不可靠的傢伙，提供情報竟然漏掉了最重要的部分。我在心中暗罵。

「原來如此。」「是啊。」「你應該很寂寞吧？」「唔，是啊。」

春斗特務點了點頭，臉上絲毫沒有寂寞之色。

一陣沉默之後，春斗特務說道：「早知道就先約好了。」

「先約好？先約好什麼？」

「下次出生時的事情。」

「下……下次出生時的事情？」我完全沒有料到他會相信那種事。

「我聽過一首歌。」

「怎樣的歌？」

〈為了能夠在下一顆星星找到你，我們先約好如何相認吧/先決定吧，先約好吧，立刻舉行作戰會議吧！〉

春斗特務有些靦腆地哼了幾句，接著說：「如果早一點聽到這首歌，就能夠事先商量了。」

「跟你老婆嗎？」

「嗯，我本來以爲船到橋頭自然直。」

「船到橋頭自然直？」

「時候到了，自然會見面。」

我不確定春斗特務這句話有幾分認眞，但又不好一笑置之，只好說道：「那要不要先跟我約好？」

「跟你？」

「約好在哪裡碰面，萬一發生什麼狀況才不會找不到對方。」

「不用了，你一個人沒問題的。」

那次交談的隔天，春斗特務便出發執行潛入敵方基地的任務。不久之後，我們就接到春斗特務的身分遭到識破，落入敵方手中的消息。

沒想到春斗特務竟然會失手，我非常震驚。但更令我震驚的是，長官們似乎並不在意他的死活，沒有積極研議救援的對策。

此刻開完會，我竟然還聽見與會者說出「被陷害」、「派系鬥爭的犧牲者」之類的言論。

恐怕是嫌春斗特務礙事的某人——正確來說是某些人，故意將機密情報洩漏給敵方，導致春斗特務的身分敗露。這些人肯定是組織裡有權有勢的大人物。

難怪他們不肯積極研擬救助計畫，我恍然大悟。

完全沒有遲疑的必要。既然沒有人願意去救春斗特務，那就我去吧。一想到獨自落入敵人手中的春斗特務，我便感覺呼吸困難，彷彿胸口壓了一塊重石。

這次該換我去救他了。這意味著，我已不是從前的我。

我趁著傍晚的訓練時間偷偷溜進基地倉庫，跳上最新型的飛行蟲。兩年前，我們從敵方基地搶奪來的「噴射蟬」雖然性能優秀，卻有著翅膀振動聲太吵的缺點。研發部門進行各種改良，想要降低噪音，最後的做法是換一種昆蟲。他們挑上了蜉蝣。我曾目睹這種昆蟲在那塊土地上大量孳生，跟蟬比起來，蜉蝣較小、較薄，而且飛行時較安靜。於是研發部門嘗試飼養蜉蝣，透過不斷實驗使其身軀越來越巨大，終於成功培育出跟蟬一樣大的蜉蝣。前陣子，他們開始大量生產這種蜉蝣，作爲新型的飛行蟲。

我迅速靠近飛行蟲，跳上腹部的籃子，隨即將麥克風抵在喉嚨，下令起飛。雖然是第一次操縱蜉蝣飛行蟲，但基本上和噴射蟬沒有太大的差別。何況，操縱這玩意，其實不需要什麼技巧。

進公司第三年的男人

那天晚上的馬克杯事件，稍微拉近了我與前輩天野小姐的距離。

老實說，雖然我有點喜歡她，但我不久前才得知她剛結束了與課長的婚外情關係，在這個時間點我總不能厚著臉皮問她「要不要換跟我試試」。

所幸，後來我們碰巧一起負責同一企劃案，那是一次愉快的經驗，因此她對我應該也有一定程度的好感。

儘管只是公司的同事、前輩與後輩的關係，但我們一起吃飯、一起喝酒的次數越來越多。

有趣的是，每次得知我們之間的共通點，她就會開心得不得了，認爲是一種好兆頭。

有一次，她提到自己是仙台出身，我傾身向前，提高了音量說：「眞的嗎？我是會津出身。」仙台與會津，一個在宮城縣，一個在福島縣，實際上並不在同一個縣內，只不過兩縣互相鄰接，而且都在東北地方。但這種事情只要解釋的方法不同，就會得到不一樣的結論。不管是在哪一個縣，只要說一句「都在日本國內」，馬上就成了令人感動的共通點。

當然，反過來說，如果她冷冷地應一句「仙台與會津一點關係也沒有」，我就沒戲唱了。然而，她卻興奮地大喊：「會津？真的嗎？國小的校外教學去過。我去了會津，去了豬苗代湖，還買了白虎刀（註）。」

「那白虎刀有什麼用處？」

話聲剛落，她的表情頓時沉了下來。我心頭一驚，害怕是不是說錯了話，但想來想去，實在不明白自己究竟說錯什麼。

「我想起不好的回憶。」

「我們家的豬苗代湖對妳做了什麼？」它闖了什麼禍？

「那時候有個壞心眼的同學，把我的一樣重要的東西扔進湖裡。」

「重要的東西？」

「那是爸爸給我的。」

「到底是什麼？」

「有一天，爸爸突然說要舉行『作戰會議』。」

「作戰會議？」

「那時候我還是小學生，姊姊是國中生，爸爸是這麼對我們說的……『聽好，接下來妳們的人生當中，可能會遇上一些挫折。不，應該說是一定會。但妳們不用擔心，絕大部分的事情都能從頭來過，只要再試一次就行了』……說起來，那根本稱不上作戰會議。」

她拿起中杯啤酒，連灌好幾口。我不由得仔細凝視她的側臉。

「不久之後，爸爸就過世了，他完全沒有把生病的事情告訴我們。」

「所以，他才會想要舉行作戰會議吧。」

「可是，後來我不僅在校外教學的時候和同學吵架，出社會還跟上司發生婚外情，簡直沒有一件好事。」

「越是過得不順遂，當初的作戰會議越能派上用場，不是嗎？」我說道：「不用慌張，從頭來過就行了。」

「但我剛剛也說了，那根本稱不上作戰會議。」

註：會津的著名紀念品，通常是木製的玩具日本刀，用來紀念會津戰爭時集體切腹自殺的白虎隊。

救人的少年

蜉蝣著陸之後，我在廣大的深色沙地上迅速移動。利用奈米羅盤，能夠掌握大致的方位。沒花多少時間，我就抵達了敵方的設施。

雖然去年也入侵過這個設施，但我絲毫不敢輕忽大意。過了一年，安全防護機制可能已升級。去年使用的入侵手法，敵方一定早就想出因應對策。我掏出安全系統解鎖卡，一邊祈禱一邊將卡片湊向入口的門板。

這一年來，防守方與攻擊方，也就是對方與我們到底哪一邊的技術領先，可說從這張安全系統解鎖卡便能分出勝負。

「喀嚓」一聲，門鎖順利解除，我不禁鬆了口氣。

今年又是我贏了。明年再來一決勝負吧。

我才剛這麼想，忽然驚覺不對。明年再來？應該沒那麼倒楣吧？這輩子我不想再來這個地方。

我在設施裡快速移動。奈米鞋能夠讓我走路不發出半點聲音，但因爲離開得匆忙，沒有時間換上使身體變透明的套裝，一旦被敵人看到，只剩死路一條。

由於去年入侵過這座設施，我依稀記得方位和格局。雖然多少有些變化，大致上並沒有什麼不同。我仰賴著腦中的記憶，不斷往深處前進。

沿著狹窄的通道走了一會，前方出現好幾條岔路，我一時不知該往哪邊走。遲疑不決之際，我不禁懊惱地想著「如果開過作戰會議就好了」。互相說好在哪裡會合，或是如何讓對方知道自己的所在位置。這麼一來，失散的時候，就不會束手無策了。

我心中暗忖，如果我事先跟春斗特務討論過，最後會採取什麼方法，讓對方知道自己的位置？

留下記號？揮動旗幟？散發出氣味或聲音？

我唯一的長處，只有模仿鳥叫而已。想到這點，我決定像以前一樣，發出尖銳的聲音，模仿鳥叫。

深入敵境時應該盡量避免發出聲音才對，否則容易陷入危險。然而，我仍無法停止模仿鳥叫，沿著通道前進。

驀然間，我聽見「咚」的一聲重響。身後的某處似乎有東西摔落或翻倒了。

是春斗特務。他聽見我模仿的鳥叫聲，故意發出聲響回應。一定是這樣沒錯。雖然沒有任何根據，我卻如此確信，恐怕我早已喪失冷靜。

以結果而言，我的直覺（或者該稱爲樂觀的預測）是對的。果然懷有信心是相當重要的。

我回頭朝著發出聲響的方向前進。不一會，我又聽見了物體的碰撞聲。我循線摸索前行，來到一扇小門前。透過旁邊的玻璃窗往內窺望，只見地上有一張翻倒的椅子，春斗特務就被綁在椅子上。

我解開門鎖，奔向倒在地上的春斗特務，使盡全力割斷他身上的繩索。

他看見我，露出驚訝的表情。

「我來救你了。」我做夢也沒有想過，有一天我會對春斗特務說出這句話。

「你注意到我的暗號，對吧？」

「暗號？」

「那個鳥叫聲啊。」

「原來那聲音是你發出來的？我只是納悶怎麼會有鳥，剛好扭了扭身體，不小心連人帶椅摔在地上。」

畢竟沒有事先約好，倒也難怪。不管是不是巧合，當務之急，得先把他救出去。「走吧，我們快逃！」

我帶著春斗特務逃離敵方設施。春斗特務似乎被綁在椅子上很久，要奔跑頗困難，一路上摔跤了好幾次。打從第一天認識他到現在，我從未見過他如此虛弱的模樣。我心裡焦急得不得了，但我告訴自己，無論如何都要將他救出去。

「老實說，我本來以爲這次死定了。」

「很抱歉，你想去見老婆，現在還不是時候。」

「好吧。」他露出寂寞的笑容。

我們在沙地上奔跑，朝著沙丘的頂端前進。遠方可望見巨大的月亮，它似乎正一派悠哉地注視著我們的一舉一動，想必是懷著隔岸觀火的心態吧。

「聽說是有人故意向敵方洩漏消息。」我說道。

「我猜也是這麼回事。」

「好像是派系鬥爭的關係……你到底屬於哪一派？」

「你也知道，組織裡跟我有交情的，大概只有小原而已。」

事實上，我並不清楚我們的組織裡有多少派系，但我心想，或許正是因爲春斗特務不屬於任何派系，才會遭各方派系疏遠及提防。

「對了，我探聽到一項敵方情報。」

春斗特務跟在我的身後，一邊喘氣一邊說道。即使在這種節骨眼，他依然惦記著諜報員的工作。

「他們該不會研發出新的飛行蟲吧？我們的蜉蝣可不會輸。其實我就是搭乘蜉蝣來的。」我應道。

「不，不是移動工具。雖然尚未完成，不過是十分巨大的東西。」

「所以是什麼東西？」

「我只知道會動……不，是會搖。我偷看了敵方設施裡的資料，那東西好像是根據很久以前漂流到這裡的巨大遺跡改造出來的。」

「巨大遺跡？」

「又好像是參考了巨大遺跡，正在進行實用化的實驗。」

春斗特務的腳下一滑，差點又要摔倒，幸好他踏穩了腳步。只見他鞋子底下的沙土不斷往坡下滑去。

「總之，我們快回去吧。」

「回哪裡去?」

「當然是……」我說到一半，不知如何接下去。當初陷害春斗特務的人，正是組織的長官。此時回到組織裡，恐怕不是明智之舉。問題是，如果不回組織，我們根本沒有地方可去。

就在這個瞬間，伴隨著刺耳的聲響，腳下的沙土忽然飛濺起來。

有人在我們的背後開槍，而且應該是故意打偏的恫嚇射擊。如果繼續奔跑，下一槍就會打在我們身上。

轉頭一看，不遠處站著三名武裝士兵，手上拿著可連發的槍。

我與春斗特務轉身面對他們，舉起了手。

又來了。

去年是這樣，前年也是這樣。

一來到沙地上，總是會遭到敵人包圍。

簡直像是爲了符合某些人的期待而刻意安排的劇情，不斷重複上演。幾乎等同每年慣例舉行的節慶活動。

不一會，又有數名武裝士兵奔到我們的身後。

每一把槍的槍口都對準我們。

「情況有點不妙。」我說道。

「抱歉，連累你了。」春斗特務低語。

「別這麼說。」這是我自願做的事。「如果沒有你，我早就死在這個地方了。」

「當初應該先約好才對。」

「約好什麼？」

「下次怎麼碰面。」

我彷彿聽見他上次提到的那首歌。

〈為了能夠在下一顆星星找到你，我們先約好如何相見吧／先決定吧，先約好吧，立刻舉行作戰會議吧！〉

我看得出來，眼前這些士兵隨時可能開槍。他們並不打算接受我們的交涉或投降。只要指揮官一聲令下，他們就會開槍。

我的腦袋剛閃過這樣的念頭，其中一名士兵就大喊：「開槍！」

一個受過訓練的諜報員，面對敵人的槍火時也得睜著眼睛。我們必須擁有堅強的意志，即使在死前的最後一刻，都不能逃避現實。

然而，那一瞬間，我還是閉上了眼睛。雖然毫無自覺，但我應該是閉上了眼睛沒錯。因爲我的眼前突然變得一片漆黑。希望在下一顆星星，我能夠再次遇見春斗特務。

進公司第三年的男人

「應該挑白天來才對。」她笑著說道。

我們正從豬苗代湖的停車場走向湖畔沙地。

在今天之前，我做夢也沒想到會和她一起來到這裡。

去年，我們部門負責舉辦的豬苗代湖畔活動，獲得超越預期的好評，因此高層決定今年再舉辦一次。有一名主管提議：「今年不妨擴大企劃的範圍，除了豬苗代湖之外，把會津若松、郡山等地區也加進去。」另一名主管則伸出手指，點名道：「你跟妳，寫一份企劃書交上來。」那主管口中的『你跟妳』，就是我跟天野。

我們剛剛才與相關人士討論完活動的細節，開著租來的車子返回郡山車站。我坐在副駕駛座上，看到窗外有一塊牌子寫著「豬苗代湖」，不知為何，我突然脫口而出：「要不要去豬苗代湖看一看？」

「豬苗代湖？去那裡做什麼？」

「妳上次不是說過，在那裡有不好的回憶？」

「對啊，遭同學惡作劇。」

「時間和他人的心情，妳永遠拿這兩件事沒轍。然而撇開這兩件事，基本上大部分的事情都能搞定。」

「要怎麼搞定？」

〈除了這兩件事之外，什麼都能搞定／什麼都能改變〉

〈可以倒帶，可以重複，可以快轉，可以停止，可以一口氣全部刪除〉

「雖然過去的事情沒有辦法重來，但我們可以回到那個地方，把不愉快的回憶覆蓋掉。」

「覆蓋掉？」握著方向盤的她沉默了一會，而後笑道：「你該不會是想說，要用你跟我的美好回憶，把不愉快的回憶蓋掉吧？」

「我不是那個意思。」

眞的應該趁天未黑的時候來才對。此刻太陽已下山，四下昏暗，一個人也沒有。這景色與她當年參加校外教學時相差太遠，根本覆蓋不了任何回憶。

「對了，去年我跟門倉課長來過。」走在樹林之間，我忽然想起這件事。

「門倉課長？噢，就是那個……」

「對，就是那個課長，其實他可厲害了。」

「厲害？哪裡厲害？」她反問。我知道她原本想說「那種窩囊的人，會有什麼厲害之處」。

我本來想說出去年從門倉課長口中得知的祕密，轉念一想，還是別擅自告訴他人比較好。於是，我含糊其辭：「有很多原因啦，例如……去年他在這裡掉了智慧型手機。」

「是這方面的厲害嗎？」

要改變門倉課長在她心中的形象，恐怕不是一件容易的事。我換了一個話題：「對了，當年校外教學的時候，到底是什麼東西被丟到湖裡？上次妳沒有說清楚。」

我們來到沙岸上。夜幕幾乎完全籠罩大地，但湖面反射著皎潔的月光。整座湖就像是映照出天空的巨大鏡子，帶著細緻的漣漪，美得令人嘆爲觀止。

「那個同學把爸爸送給我的重要護身符，扔進了湖裡。」

「護身符？」那確實很過分。

「那個同學說，他以爲護身符會浮上來，到時候再撿起來就行了。」

「護身符哪會浮上來？」

「沒想到後來……」她說到一半，突然看著我的手，說道：「啊，那種東西放在車上就好了吧？」

一時之間，我不曉得她在說什麼，低頭一看，才發現自己拎著一個紙袋。裡頭裝的是剛剛與相關人士開會時，對方送的伴手禮。我沒多想，一直拿著，就這樣帶下了車子。

我打開紙袋一看。「噢，挺高雅別緻。」我取出黑色馬克杯。那似乎是郡山某咖啡店使用的杯子，上頭印著咖啡店的標誌。

「搞什麼，原來是馬克杯。」

她露出苦笑。看她的反應，多半是想起了那天加班時發生的事情。

「那個時候眞的嚇壞我了。」

她竟然把馬克杯按在地上，緩緩推動。直到現在，我仍不清楚杯子裡的小強後來怎麼了。

「那個……其實沒什麼啦……」她有些結巴，或許是想起那天的事情，感到有些尷尬吧。不，難道是想起那個與她發生婚外情的上司？一想到這點，我一陣煩躁不安。爲了將這個想法甩出腦外，我當場放下紙袋，拿著馬克杯，往前走了幾步，放在沙地上。「我還記得妳是這麼做的……」我將馬克杯的開口朝下，用手按住。

「不用再示範一次好嗎？」

「然後妳就這樣推動馬克杯，我都看傻了。」我蹲了下來，在沙地上輕輕移動馬克杯。

她苦笑著嘆了一口氣：「你竟然拿新杯子蓋在沙子上，眞是的。」

儘管想著「總好過拿別人的杯子蓋在小強上」，我還是忍住沒說出口。

救人的少年

周圍一片漆黑，我以為自己已遭敵人開槍擊斃，看見了死後的光景。就連聽見旁邊的春斗特務說「這是怎麼回事」時，我都還想著，根本不用約，我們這麼快就在死後的世界相遇了。

一陣聲音響起。

聽起來像是金屬與金屬碰撞的聲音，急促而連續。

那是槍聲嗎？

「這是什麼玩意？」春斗特務以詫異的口吻說道。

「你是指什麼？」

「我們的周圍多了一道牆。」

雖然沒有照明，看不清眼前的狀況，但我確實察覺有一道牆圍繞著我們。或許多虧有這道牆，子彈才沒有打中我們。「這玩意是怎麼回事？從哪裡冒出來的？」

「我也不知道。」

下一瞬間，牆竟然開始移動。

牆身刮著地上的沙土，逐漸朝我與春斗特務靠近，我們只好退後，但牆並沒有停下來。所幸牆的移動速度並不快，不用擔心會被輾過，但不曉得這玩意會移動到哪裡去，我不禁心裡發毛。而且牆移動時刮起的沙土不斷朝我們推來，這樣下去我們會遭到活埋。

我與春斗特務肩併著肩，一步步往後退，根本無暇交談。

過了半晌，牆終於停了下來。

接著，四周突然變得明亮。牆竟然緩緩浮上天空，消失不見。

我看傻了眼，腦袋一片空白。

「快走！」

春斗特務十分鎮定。照理來說，他應該跟我一樣搞不清楚狀況，卻立刻做出趁機逃走的判斷。真不愧是春斗特務。

我們在沙地上狂奔。我指著停放蜉蝣的方向，並沒有開口說話，春斗特務已明白我的意思。

敵人都在我們的後方，距離頗遠。由於我們躲在那道神奇的牆裡移動了好一陣子，與敵人拉開不少距離。

當我氣喘吁吁地奔到蜉蝣旁時，內心湧起了一股危機感。回到原本的基地，眞的是正確的選擇嗎？

然而，我沒有其他選擇。

我跳進了蜉蝣腹部的籃子裡。等春斗特務也跳進來，我立刻命令蜉蝣起飛。

蜉蝣靜靜離開地面，宛如滑行般飛向空中。盤繞了一圈後，整片沙地就在我們的眼下。

一個紅色的巨大物體映入視野。那物體有一半埋在沙裡。明顯不應該出現在沙地上的東西，吸引著我的目光。

「就是那玩意。敵方似乎用來研發新的軍事武器。過去敵方的軍事武器都是利用昆蟲，實在稀奇。」

「那到底是什麼東西？」

「古代漂流到沙地上的圓形巨大遺跡。據說，那玩意絕對不會倒下。」

「不會倒下？」

「正確來說，是倒下之後又會站起來，絕對不會躺在地上不動。敵方正在研究它不會倒下的原理。」

「天底下居然有這種東西？」敵方的高科技令我心生恐懼。

雖然沙地在視野中顯得越來越小，那紅色物體卻從未消失。

進公司第三年的男人

啊！她忽然發出驚呼。我正感到納悶，只見她蹲了下來，將手伸進沙子裡，抓起一個約莫橡皮球大小的物體。

「沒想到會在這裡！」

我趕緊湊過去。她手裡的東西，是肖似達摩的人偶。看上去應該是塑膠材質，表情逗趣可愛，原來是不倒翁。她取出手機，開啓手電筒功能。

「這就是當年校外教學的時候，被拋進湖裡的東西。」

「咦？」我幾乎不敢相信自己的耳朵。「這就是妳說的那個護身符？」

「爸爸告訴我，人生雖然會遭遇許多挫折，但大部分的事情都能從頭來過。」

「在作戰會議上說的？」

「沒錯，就是在那時候，爸爸送給我這個有點古怪的不倒翁。」

當年她半是爲了向同學炫耀，在校外教學那天，將不倒翁放進背包。沒想到，一個壞心眼的同學發現，說著「不管對它做什麼，它都會恢復原狀吧？既然是這樣，我就算把它丟出去，它也會回到妳的手裡，不是嗎？」把不倒翁扔進了湖裡。

爲什麼被拋進湖裡的不倒翁，如今會出現在沙地上？

「那是十五年前的事情了。這個不倒翁，想必不是我當年那一個。」

她說道。我心想確實有道理，經過長達十五年的風吹日曬，不倒翁應該早就毀損了。

然而，她將不倒翁翻至底部一瞧，頓時瞪大眼睛。難道她發現什麼證據，能夠證明這就是當年的不倒翁？我不由得探出身，觀察她的反應。

「怎會有這種事？」她喃喃自語。

「咦，這眞的是當年的不倒翁？」

「是誰把我的不倒翁保存得這麼好？」

她對著夜空，向那神祕人物道謝。

第五年

交往不到一年的男人

「對了，上次跟客戶開會的時候，氣氛眞的是糟到不行。」她突然想起似地說道。

「爲什麼？」

「不管是交期還是預算，雙方的期望實在落差太大，原本氣氛就很僵，後來因爲足球的關係，更是火上加油。」

「足球要怎麼火上加油？」

「我們公司的一樓不是有家咖啡廳嗎？我們在那裡提早吃午餐，本來以爲聊一些跟工作無關的事情，能夠化解劍拔弩張的氣氛。」

「聽起來是個好主意。」

「聊著聊著，課長忽然提到足球。沒想到在場所有人支持的球隊都不相同，而且那些球隊是敵對關係，於是大家吱吱喳喳吵了起來。當中只有我對足球不熟，因此，雖然我拚命安撫大家的情緒，大家還是劈哩啪啦地說著，像吃了炸藥一樣。」

「吱吱喳喳」、「劈哩啪啦」，我忍不住想跟著念出她用過的狀聲詞。

「聊體育比賽十分危險。」我說道。很多人對體育比賽的狂熱跟信仰宗教沒有兩樣。「不如聊天氣。」

「一般都會這麼想吧？」她彷彿就在等我落入陷阱。

一問之下，原來當時有人說「最近天氣變涼了」，沒想到立刻被另一人以「才怪，熱死了」頂回去。一群人的爭執不僅沒有緩解，反而從足球又吵到了天氣上。

「眞的假的？我還以爲任何情況下都能聊天氣。」

「只要讓對方有機會提出自己的意見或感想，氣氛就會變得更僵。」她苦笑著說：「所以最好的聊天話題，應該是只陳述客觀事實。例如『現在的氣溫是二十五度』，或是『今年的降雨量比去年多』之類。」

「這種話題或許不會讓氣氛變僵，但也聊不起來吧？」我說道。難不成要回答「對啊，二十五度的意思就是比二十四度多一度」？

夕陽西墜，湖面染上了介於橙色與紅色之間的奇妙色彩。起先，那就像是燈籠的顏色，帶有一種朦朧的暖意。過了一會，那顏色變得越來越鮮豔，擴散至整片天空及湖面。

我們漫無目標地走在湖畔，看著那彷彿融入了太陽般的水面漸層光影。

我跟她第一次來到這裡，是在一年前。趁著出差的時候，我們繞道過來，她找回了國小時被同學扔進湖裡的不倒翁。

愉快的巧合，往往能夠帶來幸福感。雖然這不在我的計算之中，但以結果而言，我成功了。即使她大我兩歲，我們之間的距離還是迅速拉近。不久之後，我跟她正式開始交往。

我們沒有把交往的事情告訴公司的任何人。事實上，我們公司並沒有禁止職員談戀愛的規定，就算公開兩人的關係，也不會受到懲罰。或許我們只是覺得偷偷摸摸很好玩，想要體驗一下執行機密任務的刺激感。

總之，我們的交往十分順利。雖然稱不上天作之合，但跟她在一起相當開心。

我知道她曾和課長發生婚外情，而且那名課長我也認識，但我決定忘掉這件事。當然，沒有辦法像電腦裡的圖片檔一樣刪除得一乾二淨，偶爾仍會浮現在我的心頭，擾亂我的思緒。不過，那名課長遭人舉發侵占公司預算，高層下令將他發配邊疆，調往遙遠的某縣，因此我逐漸能夠將這件事「當成沒發生過」。

今年我們再度來到豬苗代湖。雖然主要是爲了與相關人士討論活動細節，我們仍決定把握機會，把這次的出差當成一次旅行。我們坐上了我最近才剛買的新車，懷著開車兜風的心情，大老遠前來。

「後來呢？」

「嗯？」

「那場氣氛尷尬的會議，後來怎麼收尾？」

「噢，你說那個啊。就在空氣中充滿火藥味的時候，我們聽見了歌聲。說是歌聲，其實是音樂。咖啡廳播放的背景音樂。」

「什麼歌？」我暗想著，難不成是頌揚友愛世人、世界大同之類的歌？

於是她哼起那首歌。原來是某三人組成的搖滾樂團的名曲。

〈不要說話，不要回家，就這麼與她同行〉

那歌聲悠然又可愛，透著幾許寂寥。唱到「與她同行直到日落」這一句時，我驀然想起記憶中的夕陽，那美麗卻令人惆悵的色彩，帶來一種時間凍結的錯覺。

〈什麼也不想要，什麼也不需要，只要她在那裡就好〉

「我正覺得這首歌好聽，客戶公司的年輕職員忽然低聲說『我喜歡這首歌』。」

「噢？」

「沒想到，我們課長跟著說『我也喜歡』。接下來，其他人紛紛附和，直說『我也是』。」

〈某處的某人真的過得幸福嗎？就算是冷漠的人，也有著溫暖的身體〉

「原本意見衝突的時候，大家都覺得對方很討厭，聽了這首歌，大家才意識到對方並不是壞人。之後氣氛突然變得十分融洽。果然只要找到共通點，和平相處一點也不難。」

「那很好。」

我也感覺到心頭有一股暖意，彷彿天空與湖面染上的夕陽色彩，正在我的胸口慢慢擴散。

新天地的少年

春斗特務躺在樹上的吊床，喝著本地的神祕特產酒，整個人陷入微醺的狀態。我在下方凝望著他，忍不住暗想，繼續過這樣的生活好嗎？我們一直待在這個地方就好嗎？

一年前，我深入敵境，救出春斗特務。我們搭乘蜉蝣逃走，爲了甩掉追兵而東逃西竄，做出許多危險的飛行動作，最後迫降在這塊陌生的土地上。

在草木茂盛的叢林中，存在著與世隔絕的奇鄉異邦。

這裡的居民雖然有著和我們相似的外貌，身上穿的卻是以樹皮及動物毛皮製成的簡樸服裝。我曾聽聞世上有一些不爲人知的未開化之地，但我做夢也沒有想到自己有一天會前往那樣的地方。

這裡的居民，都是住在樹洞裡、岩石邊，或是巨大的花萼下。

「你們的領袖在哪裡？你們接受誰的統治？」剛來到這裡的時候，春斗特務這麼問過。他大概是打算與領袖交涉，希望能讓我們暫時居住在這塊土地上。

「什麼是領袖？統治又是什麼意思？」這是對方的答覆。

我們花了很久的時間，才理解這個地方的居民並沒有職責區分，也沒有上下關係。他們完全不在乎年齡、性別及體格的差異，所有事情都是靠互相溝通來解決。

任何行動之前，都會有一個人負責喊話，但這個人在團體中並非特別有權有勢。依我的理解，這個人只是團體的代表者。

他們毫不遲疑地接納了我和春斗特務，我反倒替他們感到擔憂，這麼沒有戒心不要緊嗎？

他們讓我們住在無人使用的居住空間，還大方地把食物分給我們。「你們可以在這裡一直住到想離開爲止。」他們理所當然地對我們說道。

「原來世上有像這樣的地方。」

春斗特務過起悠閒愜意的生活，每天喝著原料不明、略帶苦味的酒。不管是白天或晚上，幾乎都處於放空的狀態。

起初，我不認爲春斗特務的生活態度有何不妥。畢竟我們一直做著出生入死的危險工作，有機會調劑一下，也沒什麼不好。但過了一陣子之後，我漸漸心生不滿。

難道我們要渾渾噩噩過日子，直到老死？我帶著這樣的疑惑，不止一次向春斗特務詢問：「我們接下來該怎麼做？」

春斗特務總是回答：「這裡的生活很愜意，先別想那些了。」當他說出這句話的時候，態度總是懶懶散散，眼神不再像從前那樣犀利。

我知道他說的沒錯，我們無處可去。

春斗特務遭總部背叛，高層故意將他派往敵境送死，那些人已不能算是同志。對我們來說，那裡也是敵境。

我們已無家可歸。

偶然間，我聽見了歌聲。那一天，我在既定的時刻跟隨聚落居民外出尋找食物。我們砍了幾株香菇，回程的路上，草叢的深處傳來男人的歌聲。

〈以後再說，全部以後再說／以後再說，全部以後再說／想做什麼就做什麼，不想做的以後再說／別想太多，別想太多〉

不考慮未來，只要眼下過得去的生活，那歌詞彷彿在調侃我們。但或許是那歌聲太悠閒自得，又讓我覺得「以後再說也沒什麼不好」。

「那個男人也是外地來的。」

跟我一起抬香菇的居民，以下巴示意草叢彼端。

「外地？他是哪裡來的？」

「他說是個相當大的國家。」

「相當大的國家？」

「聽說那裡的人都很高大。」

「我好像在哪裡聽過這樣的傳說。」約莫是小時候聽到的童話故事吧。劇情似乎是有一個人意外前往了巨人國度。「這麼說來，那個人也很高大？」

「不，跟我們差不多。」居民吃吃笑了兩聲。

「那不是公然說謊嗎？」

「他說是來到這裡的時候，身體才變小。」

「他是怎麼來到這裡的？」

「你不如自己去問他。」

既然居民這樣講，我也不必客氣。於是我放下香菇，走回剛剛聽見歌聲的地方，撥開高過頭頂的野草，走進草叢。

那是個身材瘦削的男人，他坐在平坦的石塊上，腳底懸空，兩條腿晃個不停，嘴裡依然在唱著。

但旋律似乎與剛剛不同。

〈風總是輕撫著我／要我別焦急、別焦急／異國之門、異國之門／到了那裡，終究能夠回頭〉

「請問……」我出聲搭話。

「嗯？」他望向我。看不出他的年紀，只知道應該比我大，並非十幾歲的同齡人。但從二十多歲到四十多歲，似乎都有可能。「有什麼事嗎？」他問道。

「聽說你是從別的地方來？」

「噢，你想問這個啊……」

「相當大的國家，指的是每個人都高大的國家嗎？」

「是啊，起先我也嚇了一大跳。不，應該這麼說吧，一開始我根本搞不清楚是怎麼回事。這裡的香菇和樹葉都大得嚇人，對吧？我根本摸不著頭緒，只是好奇怎會有這麼巨大的香菇。後來才發現不是這些香菇巨大，而是我變小了。」

「可是……你是怎麼變小的？」

「我到現在還是搞不清楚。」男人的口氣聽起來不像在說謊。他的表情和說話的方式都十分自然放鬆，給人一種親近感。

「你原本在什麼地方？」

「在什麼地方呢？這問題眞難回答，我只知道自己來到了豬苗代湖附近。」

「豬苗……代湖……？」我從來沒聽過那個地方。

「我在停車場看見地上有一片形狀奇特的葉子，想彎下腰去撿，周圍忽然出現刺眼的光芒。我心裡很納悶，明明沒有喝酒，怎會出現幻覺？就在這個時候，眼前突然出現一道門。你知道什麼是『門』嗎？Do you know 門？」

「我當然知道什麼是門。」

「我的眼前出現一道老舊的木門。我嚇了一跳，心想這裡怎麼多了一道門。你看過《哆啦A夢》嗎？大概就像任意門。所以，我打開那道門，走了進去……」

「然後就來到這裡？」

「現在回想起來，我的身體應該就是在那個時候變小了。四周景色完全不同，我以爲來到異世界，心裡焦急得不得了。但其實我還在原地，只是身體變小而已。我應該留在原地別動，可是當下我沒想那麼多，像隻無頭蒼蠅一樣到處亂走。接著，我莫名其妙就飛上天空。」男人一笑，眼角就會出現皺紋。不知為何，看見那些皺紋，我的心情輕鬆不少。

「飛上天空？」我問道。難道這個男人會飛？

「不是我在飛，是鳥在飛。一隻鳥叼住我的這裡，飛上天空，大概以為我是食物吧。」男人指著自己的衣服後領。「然後，回過神來，我就在這裡了。這裡的居民都是好人，十分照顧我，讓我衣食無缺。」

「唔……」男人的遭遇令人嘖嘖稱奇，他的口氣卻是一派悠哉平淡。或許是他的性格使然，也或許是過了一年，他已徹底接受這個事實。

「唯一的遺憾是，我沒有把樂器帶來。」他仰頭看著天空說道。

〈異國之門，異國之門／到了那裡，終究能夠回頭／陰暗又深邃的階梯／不要往下看，不要往下看／異國之門，地獄在哪個方向？／門扉的鑰匙，就在你的手上〉

他繼續唱了起來。

與人交談的過程中忽然唱起歌，實在有些失禮。但那悠揚的旋律相當悅耳動聽，我不禁聽得入神。

我凝視著他，暗想這個人到底來自怎樣的國度？

「爲什麼會出現那道門？」

「噢，這個嘛，我也搞不清楚。反正就是出現了，追究原因也沒什麼用。」他說得輕描淡寫。我心想，這個人似乎頗習慣放棄希望。「不過，我倒是打聽到一個線索。」

「什麼線索？」

「前陣子，這裡有個傢伙，說他也知道門的事。He knows 異國之門！」

「就在這裡？」我不禁環顧四周。

「不知道他是來自跟我一樣的地方，還是從別的地方來的。總之，他描述當時的情況，說眼前突然出現一道門。我開心得不得了，趕緊告訴他『我也一樣』，接著他對我說了這麼一句話……『只要湊齊某些要素，門就會出現』。」

「湊齊什麼要素？」

「那時候他說的是『豬鹿蝶』。」

「豬……鹿蝶？」我聽得一頭霧水。

「他說當時正在下山，忽然有山豬和野鹿靠近自己。」

聽他這麼解釋，我才明白「豬鹿蝶」（註）似乎指的是動物。「然後呢？」

「他想著如果再來隻蝴蝶，就湊齊『豬鹿蝶』了……沒想到這個時候，眞的飛來一隻蝴蝶。」

蝴蝶我倒是聽過。

「接著，他就發現眼前多了一道門。」

「呃，你的意思是，只要湊齊這三種動物，門就會出現？」

「但我看見那道門的時候，身旁既沒有豬也沒有鹿，所以我猜不見得必須是這三種動物。總之，只要湊齊某些要素，門就會出現。」

「你這個線索根本沒有實質幫助。」

他哈哈大笑，「是啊，而且那個人後來又消失了。我猜他可能成功打開了門吧。」

「眞的嗎？」

註：「豬鹿蝶」一詞源於日本傳統的紙牌遊戲「花札」，只要獲得這三種動物的紙牌就能贏得勝利。

「他一定是湊齊某些要素，打開那道門，不知跑到哪個地方去了。」

「這樣算是成功了嗎？」

「或許他能夠在不同的地方之間來來去去呢。」

說完這句話，他又唱了起來。

〈異國之門，異國之門／到了那裡，終究能夠回頭／陰暗又深邃的階梯／不要往下看，不要往下看〉

交往不到一年的男人

「咦？不見了！怎麼會不見了？」那天我們在湖畔散步，準備往回走的時候，她突然顯得十分慌張。一問之下，原來是她白天在會津若松的禮品店買的白虎刀項鍊，竟然不翼而飛。儘管不是什麼昂貴的東西，但店員曾說「這項鍊會帶來好運」，所以她相當在意。

多半是掉在路上了吧。於是我們沿著原路往回走，仔細尋找項鍊。

回想起來，數年前發生過類似的事情。另一家公司的女職員，在這裡掉了項鍊。我不禁暗想，難道豬苗代湖有一種會讓人掉項鍊的磁場？

一旦太陽下山，就很難把項鍊找回來了。我們心裡都很焦急，但找不到就是找不到，再怎麼焦急也沒有用。

「不如再去買一條吧。」我提出解決的方案，但她不肯接受。「沒有找回來，我怕運氣會變差。」她深深嘆了一口氣。

雖然不知道世上到底有沒有運氣這種東西，不過俗話說「氣爲百病之源」，我怕這件事會害她變得憂鬱。

在太陽下山之前，我們找遍了所有走過的路，終究還是沒有找到。

「有沒有可能是掉在車上了？」她突然想到這一點。

確實不無可能。

我點了點頭，與她一同回到停車場。

如果發現項鍊就掉在車子的副駕駛座，當然是再好不過了。

可惜人生不如意十常八九，我們把車內整個找過一遍，仍一無所獲。

正當我們決定回到湖畔再找一遍的時候，不遠處傳來「砰」的巨響，聽起來像是車子與車子的碰撞聲。

我吃驚地抬起頭。

右手邊的停車場深處，黑色休旅車與紅色小轎車的車頭抵在一起，宛如在互相瞪視。

女友也瞪大了眼睛，望向那兩輛車。

「車子撞車子？」我問道。如果是撞到人，可不得了。

「好像是兩輛車同時往前開，結果撞在一起。」

「眞可怕。」雖然不是當事人，但試著想像當事人的感受，我不由得感到心情沉重。

接著響起兩道開門及關門聲，雙方的駕駛都下了車。

這不關我們的事。我與女友決定把心思移回我們自己的問題上，尋找遺失的項鍊。

沒想到就在這時候，有人大喊：「我可是開得非常小心，是你的車子撞了過來！」

我忍不住伸長脖子，朝那兩輛車望去。肇事的雙方似乎是年過六旬的一對夫妻，以及兩個染金髮的男人。

老人彷彿要強調自己沒有過失，刻意拉高嗓音。旁邊看起來像是妻子的嬌小老婦人不停說著「老伴，別這樣」，試圖安撫丈夫的情緒。

「等等，你想把錯推到我身上？這樣不對吧。」年輕人不服氣地反駁。

發生車禍就夠讓人心情沉重了，互相推卸責任更讓人感覺胸口像壓了一塊大石，幾乎喘不過氣。

明明只要互相道個歉，事情就會順利解決，爲什麼他們不肯低頭？我不禁心生感慨。

我跟女友對看一眼，不約而同地點了點頭，輕輕移動腳步，想要趕緊離開這個是非之地。此時突然傳來一句：「那邊的先生、小姐，你們應該看見了吧？請來幫我們評評理，到底是誰的錯。」

咦？我心中一驚。

「麻煩兩位過來一下。」那人又喊道。

我不好意思拒絕，況且如果眞的拒絕了，我恐怕會有好一陣子每天都想著：「不曉得那起車禍後來怎麼解決？」

如果雙方越吵越凶，我或許多少可以從旁勸解。

我抱著這樣的想法，心不甘情不願地朝他們走去。

兩個金髮的年輕人都舉起雙手，以手指比出四方形，嘴裡說著「重播畫面、重播畫面」。那大概是職棒教練要求裁判進行即時重播覆核的手勢吧。

但我可不是裁判。我只能搔頭苦笑。

新天地的少年

「欸，我們休息一下吧。」

春斗特務氣喘吁吁地說道。「快到了，再加把勁。」我轉頭回應。

當初那個沉著冷靜、強壯剽悍的春斗特務，如今竟然變得如此弱不禁風，我不禁大爲感慨。這一年來，他幾乎沒有做過什麼像樣的訓練，身上都長出了贅肉。

每天一吃飽飯，他就躺在吊床上睡覺，想不變得懶散也難。

那名唱歌的男人說過，他是被鳥「叼到了這裡」。所幸他還記得當時看見的太陽位置。

「我在空中往那個方向望去，看得見太陽在那個位置……那隻鳥筆直地飛，完全沒有轉彎。」靠著他這些說明，我大致猜出方位。

於是，我拉著春斗特務，跳上將近一年沒碰的蜉蝣，離開陸地。飛行一段距離之後，我命令蜉蝣著陸。接著只能徒步尋找目標地點了。

「你到底想要找什麼？」春斗特務問道。

「那道門！那道門出現的地方！」我解釋過不止一次，他就是不肯好好記住。

「什麼門？」

「通往異國之門……不，應該說是通往異世界之門。」

「為什麼要找那種東西？還是回去吧。我們在那裡過得很幸福，不是嗎？」

那個聚落確實是平和之地。居民非常親切，而且從不過問我們的來歷，住起來非常舒適愜意。

「要是能夠一直住在那個地方，我十分樂意。但我們在那裡住久了，可能會被組織發現。如此一來，會給居民們添麻煩。」出發之前，我已向春斗特務說明過，但他似乎根本沒認眞聽。

事實上，沒有任何徵兆顯示我們的下落快要被組織發現。我最大的煩惱，其實是擔心繼續在那個幸福的聚落生活下去，春斗特務和我都會變得墮落，從此一蹶不振。

這幾年來，我執行過大大小小的危險任務，再也無法忍受枯燥乏味的人生。春斗特務似乎不希望給居民們添麻煩。他看起來頗爲煩惱，嘴裡不停咕噥，仍老老實實地跟在我身後。

「等等，這不是敵方的領地嗎？」春斗特務錯愕地說道。他果然發現了。

「沒錯。」我回答。

我們下了蜉蝣，前進了一會，來到一處有些眼熟的地方。再往前一點，就會抵達去年抓住春斗特務的那座敵方設施。事實上，這裡距離我出生的土地也相當近。

「搞了半天，我們又回到原點？」

「不，我們並沒有回到原點。」我拉高了嗓音，彷彿是在說服自己。「我們要去另一個世界。」

「哪有什麼另一個世界？你自己看，哪裡有門？」

就在我觀察周圍環境的時候，廣大沙地的另一頭似乎有人影朝我們走來。

而且不是一個人，是一大群人，嘴裡發出吆喝聲。

我連忙望向春斗特務，他也察覺事態不妙，皺起眉頭。我很久沒看過他露出如此嚴肅的表情了。

遠方走來的那些人，似乎正在沙地上合力搬運著銀色的巨大物體。他們集合了將近十個人的力量，才能勉強扛起。那銀色物體連著一條疑似鎖鏈的東西，拖在後頭猶如動物的尾巴。

是敵人！

當然，不管是同志還是敵人，對現在的我們來說都是敵人，不過那些人原本就是與我們敵對的勢力。

「他們找到什麼東西？」「該不會是武器吧？」

要是被發現我們在這裡，可就慘了。於是我們趕緊奔進樹林，躲在粗大的樹幹後頭。

我屏住呼吸，暗自祈禱他們毫無所覺，直接遠離。

沒想到，他們沒有繼續在沙地上前進，而是轉了個彎，朝著這座樹林走來。

只見他們一邊吆喝，一邊通過我們的附近。

無論如何，絕對不能被發現。我與春斗特務都直挺挺地站著不敢動，把自己當成植物。

然而，只能怪我們的運氣太差。

此時一陣強風吹來，捲起地上大量的落葉。塵土像碎石塊一樣打在臉上，我不由得閉起眼睛。

正在搬運巨大物體的那些人，爲了閃避夾帶砂土的強風，轉過頭去。不巧的是，他們恰恰轉向我們的藏身之處。

對方看見我們，並未立刻採取行動。大概一時反應不過來，疑惑著「那裡怎會有兩個人」，全員僵在原地。

趁著這個機會，我們拔腿就跑。除了逃走之外，我們沒有其他選擇。春斗特務太久沒運動，竟然落後我許多。

敵人們想必都慌了手腳，竟然扛著那銀色的巨大物體追來。

我暗自祈禱他們就這樣繼續跑，但畢竟他們不是笨蛋，過了一會，忽然齊聲吆喝，把銀色物體放在地上，全力追趕我們。

我轉頭瞥了一眼，那銀色的巨大物體看起來像是一把劍，不曉得他們在哪裡挖到那樣的武器。

此時沒空想那麼多，我們只能一個勁地跑。

「這樣下去，遲早會被追上。」跑在後頭的春斗特務說道。

雖然想要抱怨「誰教你變胖了」，但我沒有說出口。此時說這種話也無濟於事。放眼望去，完全找不到適合躲藏的地方。

我只知道兩件事。停下腳步只有死路一條，以及我們不可能永遠不停下腳步。

雙腿越來越沉重。更糟糕的是，對方似乎以無線電聯絡了同伴，四面八方都有敵人朝我們逼近，不一會就將我們團團包圍。

所幸，他們沒有過度逼近，或許是擔心我們持有槍械。

他們不斷丟出恫嚇的話語。

這個場面與一年前大同小異。我將春斗特務從敵方設施中救出來，逃到這裡時遭到包圍。本來以爲死定了，不知爲何死裡逃生，直到現在我依然摸不著頭緒。

我心中隱隱期待，這次也會發生奇蹟。然而，我完全想不到發生怎樣的奇蹟，我們才能再度逃出生天。

「抱歉……」春斗特務忽然低語。

「爲什麼向我道歉？」

「我一直連累你。」

「請不用放在心上。」我一邊回答，一邊仔細觀察周圍的狀況。

交往不到一年的男人

相撞的兩輛車的駕駛越吵越凶，說話也越來越難聽。

「我開車一向非常小心！」「我踩油門的時機完全零失誤，是你突然衝出來！」雙方各執一詞，認定是對方的疏失，誰也不讓誰。

「你剛剛都看見了吧？」其中一人對我說道。

我覷了女友一眼，回答：「我什麼也沒看見。」對方的眼神彷彿在責怪我身爲裁判卻沒有盯緊比賽。「建議你們報警處理比較妥當。」

「報警？那太麻煩了吧？」一名金髮年輕人說道。滿頭白髮的老人大聲質問：「你不敢報警，是因爲心虛吧？」

「誰心虛了？如果你想玩，我就陪你玩。」

「陪我玩？你想陪我玩什麼？」滿頭白髮的老人氣得嘴角冒泡。他的妻子在旁邊又喊了一句：「老伴，別這樣。」

老實說，我和女友根本幫不上忙。我只想把這個問題留給他們自己處理，悄悄離開現場。碎碎念的年輕人，氣沖沖的老人，劍拔弩張的氛圍有如灰茫茫的濃霧，籠罩四下。

我不禁暗想，要是門倉課長在場，或許他能夠代替雙方道歉，讓事情圓滿落幕。

「總之，你們先交換聯絡方式吧。」我提出建議。這麼一來，事情就不用急著今天解決。

這不是什麼獨到的見解，只是車禍處理程序中的基本原則。然而雙方一聽，都露出如夢初醒的表情，直呼「原來還有這一招」。顯然他們已陷入亢奮狀態，喪失了冷靜思考的能力。

一名金髮年輕人從褲子的後方口袋掏出錢包，白髮老人也取出狀似證件套的東西。

「你們直接拿手機拍下來，就不用抄了。」

原本站在我身旁的女友走上前，向他們如此建議。當然，我相信她是出於好意。

「那我們交換拍照吧。」金髮年輕人一邊說，一邊拿出智慧型手機。

「啊！」最先發出驚呼的，不知是女友，還是那個金髮年輕人。

怎麼了嗎？

女友微微瞪大了眼睛，轉頭朝我望來。

只是看個駕照，有必要那麼驚訝嗎？

難道她看了雙方的駕照，發現什麼意外的事？該不會其中一方是她的舊識，或是著名的公眾人物？

另一名金髮年輕人與老婦人也露出一頭霧水的表情，紛紛走上前去檢視雙方的駕照。接著，他們同樣發出「啊」的驚呼，彷彿看見什麼料想不到的景象。

我有些不安，跟著走上前。

「你們怎麼了？駕照有什麼問題嗎？」
「你自己看吧。」女友說道。
不過是兩張駕照，他們怎會驚訝成這樣？
我先望向金髮年輕人的駕照。一看上頭的文字，我也不禁發出「啊」的驚呼。我心想「不會吧」，望向另一人的駕照。
「你知道我為什麼驚訝了吧？」女友對著我頻頻點頭，一邊說道。
就在我一臉茫然的時候，兩名金髮年輕人和老夫婦終於反應過來，喊著：
「同名同姓！」「連生日也一樣！」
沒有錯。
兩人駕照上的名字，包含讀音及漢字都一樣。出生日期的部分，當然出生年份並不相同，但其餘完全一樣。
現場的氣氛登時變得十分歡樂。剛剛那互相推卸責任的火爆氣氛彷佛蒸發得無影無蹤，轉為一片和諧。
愉快的巧合，往往能夠帶來幸福感。而幸福感能夠帶來寬大的胸襟。
雙方忽然再度查看自己的車子，一方說「這點小擦傷根本沒什麼」，另一方說「其實雙方都有錯」，溝通的態度變得和平融洽。

就在我煩惱著該不該說的時候，女友朝我使了個眼色，於是我伸手從背包中取出錢包。

「抱歉……」我說著，往前踏出一步。

雙方正爲同名同姓興奮不已，見我走近，才想起我的存在，眼神訴說著「你要幹什麼」。

我掏出自己的駕照，舉到他們的面前。

新天地的少年

那名唱歌的男人說過「只要湊齊某些要素，那道門就會出現」。這句話似乎是別人告訴他的，到頭來他仍不知道「要素」到底是什麼。

我當然更是一頭霧水，只曉得眼前突然出現一道閃光。因爲太過刺眼，我暫時閉上眼睛。再度睜開眼睛時，那道門已出現在眼前。

到底是什麼東西湊齊了？

包圍著我們的敵人，顯然也亂了陣腳。

原本什麼都沒有的地方，怎會出現一道門？而且只有門，其他什麼也沒有。緊要關頭，我沒有時間查看周圍是不是出現了一頭野豬。

我握住門上類似把手的東西，用力轉動。分秒必爭，沒有時間猶豫。不管門後有什麼，當務之急是離開這個地方。

我彷彿又聽見了歌聲。

〈我能夠選擇道路／太天真了，徹夜難眠，飢腸轆轆，什麼也吐不出／風總是輕撫著我／要我別焦急、別焦急／異國之門、異國之門／到了那裡，終究能夠回頭〉

我拉著春斗特務，跌跌撞撞地衝進門內。

那只是一道門而已。除了門之外什麼都沒有。照理來說，根本沒有所謂的「門內」。我不禁擔心跨入那道門，卻發現依然站在相同的土地上。但事到如今，只能孤注一擲了。

交往不到一年的男人

發生車禍的四個人興奮得手舞足蹈，彷彿根本沒有發生過車禍。他們你一言、我一語地討論，該怎麼把這個驚人的巧合告訴其他人。老婦人對網路上的ＳＮＳ（註）意外熟悉，興奮地表示希望將這件事分享在她的ＳＮＳ帳號上。

爲了避免個資外流，我不希望有人把我的駕照傳到網路上。但如果能夠以其他的方式分享此事，我並不反對。

若是常見的姓名，同名同姓或許不怎麼稀奇，然而「松嶋」這個姓氏並不常見。更何況，三個人不僅同名同姓，連生日也相同，只能說是不可思議。

過了一會，前方突然出現一道光芒。其他人都全神貫注地盯著手機畫面，討論發布在ＳＮＳ上的文章內容，因此除了我之外，沒有人看見距離約莫十公尺的地方，似乎有什麼東西閃閃發光。我本來猜想可能是某樣物體反射了夕陽餘暉，仔細一看，那裡竟多了一道門。

直到剛才爲止，我確定那裡並沒有門。

野外突然出現一道門，本來就不合常理，簡直像是漫畫裡的「任意門」。

到底是什麼時候冒出那種東西？

更驚人的是，正當我看得目瞪口呆的時候，竟然有兩個男人走出門外。彷彿從另一邊的異界國度，開門走進了這一邊的世界。「怎……怎會冒出兩個人？」一時之間，我的腦袋陷入混亂。

我眨了眨眼睛。

「怎麼了？」女友終於注意到僵在原地的我。

再定睛一看，那道門已消失。恐怕是看錯了，或許一切都是我的錯覺。

我望著那兩個男人的背影逐漸遠去。

那兩人穿的是上下成套的淡褐色服裝，看不出是作業服，還是棒球裝，是沒見過的款式。兩人像是父子，又像是年紀差距頗大的兄弟。身高都跟我差不多，或許比我高一點。

我踩著虛浮的腳步，朝著兩人的背影追了上去，女友跟在我的身後。

註：指Facebook、Twitter之類以交流爲目的的社群軟體或手機APP。

「剛剛這裡有道門……」我在先前出現門扉的地方停下腳步。「那兩個人……突然從門裡走出來……」

「什麼？」

「沒……沒什麼……」我這麼回答，瞥見腳邊似乎有東西在發光。於是我彎下腰，撿了起來。

那是一條形狀有如刀子的銀色項鍊。「原來掉在這個地方！」女友雙手合十，喜孜孜地說道。

能夠找回項鍊，眞是太好了。我既興奮，又鬆了口氣。但我不禁再度望向逐漸遠去的兩個男人。

他們左右張望，眼神中充滿警戒。兩人的模樣，好似目光所及都是這輩子第一次看見。

第六年

結婚的男人

大約半個月前，女友突然表示結婚之前想去豬苗代湖瞧瞧。當時我們待在我的住處，一起看電視。

我跟她交往的契機，正是因爲兩年前一起去了豬苗代湖，而且豬苗代湖還有一些關於她父親的回憶（其實兩件事有一些關聯）。總之，我們決定挑兩人都放假的日子，到福島縣一遊。

我們眞的會結婚嗎？對我來說，一切是如此不眞實。

這兩年來，我們只發生過一點小爭執，不曾大吵。若說相處融洽，確實也沒錯，感覺一直在一起也不賴。

〈彷彿置身夢境裡，彷彿置身煙囪內。這種感覺挺好，就這麼下去也不錯〉

我的心情就像是這首著名樂團的歌曲一樣，感覺正在做一場夢。全身輕飄飄的，心裡只想著一直在一起也不錯，一起走進名爲婚姻的人生另一階段也不錯。

一旦決定結婚，就有很多事情要忙。例如要準備一些有的沒的，還得辦理各式各樣的手續。我或許還應付得來，但女友待的部門每天都忙得焦頭爛額，恐怕沒有多餘的心思處理結婚事宜。所以不必急於一時，等適當的時機再結婚吧……我總是以這樣的理由逃避現實，獲得安心感。

但就在某一天，我們突然決定要結婚了。

那是去年年底，公司舉辦尾牙的日子。

最後的節目，公司安排了一場賓果遊戲。每個人發一張卡片，橫五行、縱五列，全部二十五格。主持人陸續喊出數字，只要自己的卡片上有那個數字，就把那一格挖一個洞。

參加賓果遊戲的人數非常多，我的運氣不錯，是第一個喊出「賓果」的人。右邊數來第一排的數字，全部湊齊了。

「松嶋先馳得點！」手持麥克風的主持人指著我說道。不過，他馬上指著另一個方向，大喊：「啊，還有一位！這位是……天野！」換句話說，女友剛好也湊齊了一排數字。「兩位請到前面來！」主持人呼喚。

公司裡沒有人知道我們在交往，跟她並肩站在台前，我的心情相當緊張，感覺就像是隱姓埋名潛伏在犯罪組織中的臥底警探。

領了獎品之後，主持人將麥克風遞過來，要我們各講幾句感言。然而，拿到獎品並不是我做了什麼特別的努力，只是恰巧湊齊同一排的數字而已，實在擠不出感想。女友的情況想必也差不多吧，只見她嬌怯地說：「賓果遊戲最難能可貴之處，就在於它有各種不同的組合，答案並非只有一個。」

感覺很有道理又好像沒什麼道理的一句話，讓會場瞬間鴉雀無聲，接著爆出一陣歡呼。

這麼一句話也能獲得如此熱烈的迴響，多半得歸功於那含羞帶怯的可愛表情吧。可惜我沒這種優勢。當主持人把麥克風推到我眼前的時候，我說道：「儘管我不曉得什麼是正確答案，但既然我跟她都湊齊全部的數字，應該不會有什麼問題才對。」這句話聽起來似乎有什麼意義，實際上沒有任何意義，更糟糕的是，一點也不有趣。見同事們露出苦笑，我不以爲意，接著說：「所以我想和她結婚。」

會場內登時浮現巨大的問號，彷彿吸收了所有人的聲音。我對著女友低頭鞠躬，說道：「請妳嫁給我。」這並非只是做做樣子，而是眞心誠意的懇求。

說出這句話的瞬間，我才想到非常嚴重的問題。在這種地方求婚眞的好嗎？

會不會造成她的反感？我頓時感覺頭昏眼花，眼前一片空白。但下一秒，她的一句「我願意」，彷彿讓我看見了陽光。

在公司的同事們眼裡，這一幕就像是原本沒有交集的男女同事，因爲賓果遊戲順勢湊成一對了。全場歡聲雷動，久久沒有止歇。

我們約好了在入秋的時候舉行婚禮。在那之前，她忽然說想去豬苗代湖一帶走一走。

她父親給她的不倒翁，就是在那裡找回來的。

人生雖然會遇上許多挫折，但大部分的事情都能重來。她的父親這麼告訴她。「妳有一個好父親。」我有感而發。

「他可是活得很自由自在，每天只做自己想做的事情，不是爬山就是釣魚，把家人都丟著不管，甚至會跟著外國歌手的日本巡迴演唱會到處跑。」

「等等，別破壞妳父親在我心中的形象。」

女友笑了起來，接著說：「但自從生病之後，他就一直告訴我們，要是他死了，不會變成天上的星星，也不會變成風。」

「那眞是……該怎麼說呢？不給人一點夢想，讓人分外寂寞。」

「其實不是那個意思……」女友似乎想要解釋，但她的視線被電視畫面上的影片吸引，忽然話鋒一轉，問道：「你看過這個影片嗎？」我不禁有些同情女友的父親，他的話題就這樣被丟在一旁了。

我轉頭望向電視螢幕。那似乎是某電腦遊戲的實況影片。看起來是一款動作類遊戲，主角置身於巨人的世界，必須使用各種武器打倒敵人。敵人會使用巨大的腳攻擊主角，主角乘坐蝗蟲之類的飛行工具深入敵境。兩個玩家一邊進行遊戲，一邊聊些有趣的話題。

「這是大約半年前成立的遊戲影片頻道，名叫『大哥與小弟的遊戲頻道』，最近訂閱人數越來越多。」

「大哥與小弟？」

「兩個玩家的綽號分別是『大哥』與『小弟』。據說這款遊戲的難度很高，但他們十分厲害，什麼關卡都難不倒他們。而且兩人的對話非常有趣。」

「類似搞笑藝人嗎？」

「不是，他們會用認真的口吻，說一些奇怪的話，像是聲稱他們來自另一個世界。」

「什麼意思？另一個世界？他們是外國人嗎？」

「不，他們堅稱那不是外國，而是更加奇特的世界。雖然相似，卻是完全不同的世界。他們在那個世界的身分是諜報員。」

「這是什麼古怪的角色設定？」

「很古怪，對吧？可是他們說得像真的一樣，讓觀眾覺得很有意思。」

思歸的少年

「辛苦了，今天還挺順利。」

我坐在沙發上操作著電腦，春斗特務走過來說道。

他口中的「順利」，指的是今天拍攝的影片。每個星期有兩天晚上，我們會將一起打電動的影片傳到網路上。

這件事情我們已做了半年。

一年前，我與春斗特務打開奇妙的異國之門，進入這個世界。從那天之後，我們一直過著驚訝、混亂與強迫自己適應的生活。

爲了活下去，我們可說是絞盡腦汁。當初我們在千鈞一髮之際，從手持武器的敵人面前逃走，穿過那道門。最後要是死在這裡，一切就毫無意義。

起先，我們爲了果腹，拿起店裡的食物就吃。後來我們得到了教訓，才知道那是犯罪行爲。我們學會紙鈔與硬幣的用法，並想盡辦法賺錢餬口。

在這個世界，我們過去所學的各種技術、槍法及格鬥技等等，身爲諜報員不可或缺的能力，全都派不上用場。而且日常生活中根本看不到任何槍械。別說是取得槍械，連要找地方棲身都成問題。幸好在原本的世界，我們累積了豐富的野外求生經驗，露宿街頭並不痛苦。

後來遇到一個男人，爲我們的生活帶來了轉機。

當時我們在公園旁的停車場睡覺，突然聽見奇怪的聲音。環顧四周，發現有一個男人正遭受攻擊。儘管沒有理由救他，但我們也想不到不救他的理由。

不過一眨眼的工夫，春斗特務就打倒了歹徒。

「眞的很感謝你們。如果不是你們出手相救，我的包包早就被搶走。」遭受攻擊的年輕男人頻頻道謝，最後還提議：「你們可以來我的公司，我安排一個房間給你們睡覺。」

後來我們才得知，他是某網路購物平台的經營管理者（當時我們並不知道什麼是CEO）。雖然年紀輕輕，卻擁有相當多的金錢，在社會上的知名度頗高。他聲稱自己在任何地方都能工作，因此選擇居住在這個郡山地區。「網路購物」、「東京」、「總公司」等等，都是我們這一年來拚命記住並理解的詞彙。

幸好這個世界使用的文字，與我們原本使用的文字相似，文法也相近，經過努力學習，溝通已不成問題。我不清楚這種相似性有什麼意義，或許只是單純的巧合。

總之，我們就這樣住進郡山某CEO公司的寬敞房間，並且開始接觸電子遊戲。

拿槍攻擊敵人，或是潛入敵方基地完成任務的遊戲，對於擁有實戰經驗的我們來說，只要學會操作方法，要破關是輕而易舉的事情。何況，沒有眞的死亡的風險。

我們沒有其他事情可做，每天就是玩電子遊戲。CEO見我們不費吹灰之力便將遊戲裡的關卡一一破關，提出建議：「看你們一邊說話一邊玩遊戲實在很有意思，不妨試著拍成影片傳到網路上。」

「傳到……網路上？那是什麼意思？」

那個ＣＥＯ非常熱心助人。不僅爲我們準備了所有的設備及工具，他還找來一位專業的老師，教導我和春斗特務諸如攝影、編輯、上傳技巧等基本知識。起先，我們都害怕會失敗，可是找不到其他工作，只好硬著頭皮試試。或許是拜那個ＣＥＯ的人脈所賜，我們的頻道一開始就聚集不少觀眾。拍攝的時候基本上我們不必露臉，只要說話再配上遊戲畫面就行了，所以沒有什麼壓力。

那個ＣＥＯ總是稱春斗特務爲「大哥」，並且稱我爲「小弟」，於是我們在影片裡，總是如此互稱。後來ＣＥＯ又建議：「你們來自異世界？聽起來挺有意思，你們在直播時不妨多多談論這方面的事情。」

在ＣＥＯ的全力鼓吹之下，我與春斗特務開始了「一邊玩電子遊戲一邊聊自己的事」的工作。例如，我們來自一個完全不同的世界，原本是諜報員，執行過很多次任務。後來春斗特務（也就是「大哥」）被敵人囚禁，又遭自己人背叛，於是我（也就是「小弟」）冒險將他救出，輾轉逃亡到一個陌生的地方生活。根據某個男人提供的線索，我們發現一道門，穿過門之後，來到這個世界。

我暗暗期待藉由這樣的方式，或許能找到回去的辦法。

許多觀眾在我們的影片底下留言，大多是「那是什麼無聊的奇幻設定」、「玩遊戲就玩遊戲，別搞那些無聊的花樣」之類的抱怨。雖然我們讀得似懂非懂，仍明白其中帶有調侃、諷刺的意味。

我們並不氣餒，繼續以相同的手法拍攝了好幾個月的影片。久而久之，漸漸有些觀眾留言，認爲我們交談的內容「並非單純的胡謅」。從胡謅的角度來看，那些對話一點也不有趣。況且，雖然異想天開，我們的設定卻有著一貫性，或許是某種比喻的手法。

「比喻是什麼意思？」我問道。「就是打比方。」ＣＥＯ回答。

我心想，我們根本不曾打過什麼比方。即使如此，我們仍不斷拍攝影片。

後來發現，我們的影片能賺到不少錢。這讓我們鬆了一口氣，至少我們做的事情對ＣＥＯ是有幫助的。

「對了，有一則奇怪的留言。」

我在編輯影片的時候，春斗特務忽然表示，有一則觀眾的留言引起了他的注意。這半年以來，我們透過上傳影片獲得不少知識，有些是這個世界的基本常識，有些是雜學。主要的原因，就是許多觀眾聽了我們的對話之後，好心地告訴我們各種事情。

「你們連『星期』也不知道？」「別的不懂沒關係，一定要懂棒球。」「推薦你們一部很值得看的電影。」「你們知道什麼是日本三景嗎？」諸如此類。

聽春斗特務這麼一提，我望向他操控的畫面。

那則留言只有一行字：「我那時候是豬鹿蝶。」直播的時候，我們都沒有注意到這則留言。

「豬鹿蝶是什麼？」

「一種名叫『花札』的紙牌遊戲裡的牌型，就像是絕招一樣。」不知何時出現在我們身旁的ＣＥＯ回答：「只要湊齊豬、鹿、蝶三種動物的牌，便能拿到高分。」

「湊齊？」春斗特務轉頭看著我，問道：「你不是提過，那邊的世界有個唱歌的男人？」

「啊……」我驀然想起，來到這個世界之前，有個男人告訴我關於異國之門的事。根據他的說法，他也是從別人口中聽來的。於是，我應道：「原本在這邊的世界，也有一個人知道關於那道門的事。」

那個人告訴唱歌的男人，「他的情況是湊齊豬鹿蝶，門就會出現」。

「難不成……就是那個人寫了這一則留言？」

「不無可能。」春斗特務點點頭。他的目光變得異常犀利，跟當年我第一次見到他的時候如出一轍。

我這才明白，原來春斗特務很想回去。

他似乎也察覺了我的心思，問道：「你不想回去嗎？」

就算回到那個世界，也不會有人迎接春斗特務與我。我們在那裡找不到棲身之所，還可能遭到追殺。相較之下，如今至少沒有性命之憂，而且生活無虞，沒有什麼太大的拘束。但不知爲何，總覺得自己不屬於這裡，內心十分不安。

那種感覺就像是逃避面對重要的現實，一直懸浮在半空中，雙腳踩不到地面。

結婚的男人

不過一眨眼工夫就覆蓋整片天空的烏雲，看起來像是一隻巨大的腳，要把豬苗代湖踩扁。那有著明顯漸層的淡灰色烏雲，帶來一種不好的預感，彷彿是某種災厄的徵兆。

我不禁想起，很久以前曾在這裡目睹一大群蜉蝣。

明天這裡似乎有音樂活動，工作人員正在搭建場地及進行準備工作。岸邊已搭好舞台，前方分成好幾個區塊，架起顏色鮮豔的活動帳篷。

非相關人士最好不要靠近，我站在遠處看了一會，便和女友沿著湖畔散步。

「前年我們就是在這裡找到了我的不倒翁。」女友說道。

我趕緊立正站好，對著湖面說：「父親大人，請讓我娶你的女兒。」

「或許我爸爸真的聽見了。」

「難不成他在湖裡？」

「不，他應該變成了遊魂，每天到處亂飄。」

「咦？」我不禁環顧四周，「遊魂……聽起來挺可怕。」

「我爸爸說過，他活著的時候過得太自由了，希望死掉之後能夠做些助人的事。」

「助人的事？」

就在這時，舞台上傳來歌聲。

〈我不會變成風不會變成星，我就是個東飄西盪的幽靈〉

多半是明天要上台表演的歌手正在排練吧。那歌聲輕快、悠揚，卻又帶著一種撼動人心的力量。

〈在世時每天只想到自己，過得庸庸碌碌汲汲營營，如今我成為了不起的遊魂，YES, IT'S ME〉

歌詞的內容正好與女友提起的父親的話題相近，我有些驚訝。我想起前幾天女友說過，她的父親生前曾表示「要是我死了，不會變成天上的星星，也不會變成風」。

不會變成風也不會變成星星，原來是這個意思。

「我爸爸大概是想要變成了不起的遊魂，到處去偷偷幫助別人吧。」女友笑道。

我再次左右張望，希望能夠看見遊魂。或許到處都有像女友的父親那樣的遊魂，爲了幫助他人而暗中忙碌著。

「對了，你說的那道門在哪裡？」

這就是我們今年來到豬苗代湖的目的之一。前幾天聊到的那兩個遊戲玩家，聲稱他們去年透過出現於某地的一道門，來到這個世界。聽到這個說法，我忽然想起一件事，忍不住說：「等等，我或許看過那道門。」

剛開始，女友並沒有當眞，只是以調侃的語氣說：「我也看過那道門，像是這裡、那裡，還有廁所的前面。」

「我不是在開玩笑。妳還記得嗎？去年我們前往豬苗代湖，不是在停車場目睹一起車禍？」

「我當然記得。」

「就是在那個時候，我看見一道門。」

「你看見一道門？」

其實去年我當場就告訴她了，但她似乎並不記得。「不遠處忽然出現一道門，兩個男人走出來，一下子就不見人影。那道門出現在妳的背後，妳應該沒看見。當時大家都在討論ＳＮＳ發文的事情，而且那道門很快就消失了，想必也沒其他人看見。」

「門怎麼可能突然出現，又突然消失？」

「當然不可能，所以我一直以爲是自己看錯了。」我指著遊戲影片的畫面，說道：「但現在想想，他們說的或許就是那道門。」

我去年看見的那兩個男人，搞不好就是這兩個網紅。

如今我來到豬苗代湖，並不是想進行現場驗證。我只是認爲回到這座停車場，或許能夠喚醒更多的記憶。

「我們去年好像是站在這裡。」到達停車場後，我回想著去年的狀況說道。

「發生車禍的兩組人站在這裡。」她點點頭附和。

「門就出現在那邊……差不多在那個位置。」

我們在岸邊走來走去。不一會，「啊！」女友忽然輕呼，伸手指向天空。

直到剛剛都還在遠方的烏雲，不知何時覆蓋整片天空，宛如俯瞰著大地的巨大太空船。我攤開手掌，感覺有水珠落在掌心。

思歸的少年

「其實我也搞不清楚到底是怎麼回事，總之我從小就是個喜歡湊齊東西的人。不，應該說我運氣很好，什麼東西都能夠湊齊。」

姓橋田的男人如此告訴我們。他的表情欣喜中帶著幾分困擾。

「什麼東西都能夠湊齊？那是什麼意思？」

「例如，有些零食包裝裡會隨機放小玩具，我只要隨便買幾包，一定會湊齊一套。還有，派對上的賓果遊戲，我總是能夠湊齊數字。對了，最誇張的是，我結過四次婚，後來才發現四個老婆的血型都不一樣，也就是湊齊了全部的血型。當然，我結婚前並沒有刻意挑選血型。」

「噢……」

橋田約五十多歲，身分是投資公司社長。正是他在我們的影片底下留了「我那時候是豬鹿蝶」這句話。我們根據留言者的帳號，設法與他取得聯絡，沒想到他爽快地表示：「我很樂意跟你們見面，不如我到郡山找你們吧。」

此刻，雙方在平常我們拍攝影片的房間（CEO稱爲「大哥與小弟的事務所」），隔著桌子相對而坐。

橋田十分喜歡我們的遊戲實況影片，每次直播都會準時收看。

「其實我一直對你們提到的『門』相當感興趣，因爲那跟我的親身體驗很像。」

「你那時候湊齊了豬、鹿、蝶？」

「那天我爲了工作，去了豬苗代湖附近一趟，回程繞到湖邊散步。當時我發現有人在搭建舞台，好像隔天有什麼音樂活動，我怕妨礙他們，只在遠處走來走去，不敢靠近去看。就在我走進松樹林的時候，附近突然有人大喊『有山豬』。」

據說那附近從來沒有出現過山豬，那頭山豬可能是下山到農田裡尋找食物，遭到驅趕，才會嚇得朝湖邊狂奔而來。

「那頭山豬在我的面前停留片刻。當時搭設中的音樂活動看板上，剛好有鹿的插畫。我想著要是再來隻蝴蝶，就湊滿豬鹿蝶了，沒想到就在這時候……」

「有蝴蝶飛過來？」春斗特務直截了當地問。

橋田一彈手指，興奮地說：「沒錯！後來我穿過那道門，去到另一個世界。」

「你還記得喜歡唱歌的那個人嗎？他曾在那邊的世界告訴我關於你的事。」

「記得，當然記得。他看起來有點少根筋，其實是個心思細膩的好人。他跟我說『在原本的世界太忙了，來這個世界喘口氣』，但我想以他的個性，在原本的世界多半也是過著做什麼事都慢吞吞的悠哉生活吧。後來我們一群人配合著他的歌聲跳舞，真的很快樂。」

〈嗨，BABY跟著我走吧，趕到的時候已經入秋了唷。私生活亂七八糟唷，雖然曾經有過想做的事情唷，現在只希望什麼也不幹唷〉

他以歡樂的節奏高歌，接著站了起來，熱情地擺動身體。

〈唷，急也無濟於事唷，哪裡也不想去唷，只想休息到明年唷，短暫的夏天早就結束了唷〉

「夏天很短嗎？」春斗特務提出心中的疑問。

「觀點不同，就會有不同的結論。」橋田重新坐了下來，笑嘻嘻地說道。「任何事情都一樣，觀點決定一切。是他教會了我這個道理。」

「什麼意思？」

「那個世界的人，尺寸比這個世界的人小得多。差不多只有昆蟲那麼大吧。」

這一點，其實我也察覺了。不管是湖泊、草木，還是昆蟲，都帶給我截然不同的印象。就連天空，感覺也比以前更近了。

「所以說，天底下沒有絕對的事情。同樣是我，那邊的我，就比這邊的我小得多。立場不一樣，看事情的角度就會完全不同。」

「原來如此。」

「對了，聽完我的話，你們有什麼打算？」

這麼一問，我才想起原本的目的。「我們想要回去那個世界。」

沒錯，我們應該回去才對。

春斗特務與我，在這一點上達成共識。當初是情況危急，不得已才來這個世界避難。雖然這個世界相當和平，住起來舒適愜意，畢竟不是我們原本生活的地方。

〈彷彿置身夢境裡，彷彿置身煙囪內。這種感覺挺好，就這麼下去也不錯〉

如同不知是誰唱的那首歌，「就這麼下去也不錯」，但我們最後還是拋開了這樣的念頭，下定決心回到我們原本所在的地方。

「到底該怎麼做，那道門才會出現？」春斗特務問。「有什麼辦法湊齊豬鹿蝶？」

橋田搔著頭說：「我也不清楚，真的全憑運氣。」

「如果我們把山豬與野鹿帶到湖邊，不就只要等蝴蝶出現就行了？」

「要取得山豬並不容易，何況即使這麼做，門也不見得會出現。」

「不是湊齊豬鹿蝶，門就出現了嗎？」

「我那時候是豬鹿蝶，不見得每次都是如此。」

「回到這邊的時候呢？你從那邊的世界回來時，湊齊了什麼？」

「這一點，我也是一頭霧水。門莫名其妙就出現了。根據我的推測，或許是這邊的人湊齊了某些東西。」

「一下子那邊，一下子這邊，我都搞糊塗了。」春斗特務皺著眉頭說道。我也有相同的感受。

如今我們所在的世界是「這邊」，原本生活的世界是「那邊」。我們想要從這邊回到那邊。

「我們那時候也一樣，在被敵人包圍的情況下，門突然出現了，似乎並沒有湊齊任何東西。」

「不是你們湊齊，大概就是這邊的人湊齊了。」

目前我們幾乎沒有任何明確的線索，橋田卻主動表示：「我來幫你們吧。總之，先到豬苗代湖碰碰運氣。最好跟我那時候一樣，在夏天舉辦音樂活動的前後幾天過去。」

與橋田說定之後，我和春斗特務每天都進行肌肉訓練及慢跑。那邊的情況和這邊完全不同，充滿危險，我們必須讓身體恢復當初的狀態才行。春斗特務勤於鍛練，神情一天比一天堅毅。回想起來，我有兩年不曾見過他的英姿了。

出發的前一天，我們才把這件事告訴ＣＥＯ。

「我們打算要回去了。」春斗特務先起了話頭。「這段時間承蒙照顧，真的幫了大忙。」我跟著表達感謝之意。

「你們要走了？我會很寂寞的。」此時ＣＥＯ看起來就像個嬌小的少年。

「不過，或許你們的決定是正確的。」

「謝謝，但還不知道會不會成功。」

「對了，把這個帶走吧。」ＣＥＯ拿起他桌上的一袋東西，遞到我們面前。

塑膠袋裡裝著好幾顆飯糰。「放到明天應該還不會壞。如果肚子餓了，可以墊墊胃。」

接著CEO又拿出一樣東西，放在我的掌心。看起來像是一枚小小的硬幣，但比硬幣薄一些。

「這是什麼？」

「我們公司的新產品。把這個貼在重要的物品上，便能用電腦或智慧型手機搜尋所在位置。對於經常掉東西的人來說，這可是劃時代的發明。我希望你們帶在身上。」

「這下子我們成了遺失物？」

CEO又露出少年般的笑容。「即使你們回到那邊的世界，搞不好我還是能得知你們的位置。」

我們再次道謝，揹起行李。所謂的行李，只不過是一個小小的背包。

「總覺得好寂寞。」CEO又說了一次。我心裡也有些空空的。

搭電梯下樓的時候，我瞄了春斗特務的側臉一眼。他的表情沒有什麼變化。

「確實有點寂寞啊。」他喃喃低語，宛如吐出一口煙霧。

結婚的男人

我才剛發現天空被烏雲遮蔽，下一秒碩大的雨滴已打在地面上。

我戴上連帽T恤的帽子，女友則從手提包裡取出摺疊傘。

此時一陣強風吹來，掀開了我的帽子，同時讓女友的折疊傘整個翻了過來。

要是小看這裡的風，恐怕會吃不完兜著走。遠方傳來啪沙啪沙的聲響，宛如巨大鳥類的振翅聲。轉頭一看，原來是展示區的一座帳篷被風吹倒。

接著是一陣叮叮咚咚的聲響，倒下的帳篷支柱互相碰撞。不一會，又傳來一陣類似振翅聲的巨大聲響。稀哩嘩啦的暴雨聲，有如鼓聲煽動著我心中的恐懼。

我的身體不由得微微搖晃。啪沙啪沙、叮叮咚咚、稀哩嘩啦……自然界的樂器演奏聲，不斷朝我們席捲而來。

「還是先回車上吧。」我才剛說出這句話，眼睛已被強風吹得睜不開。

「好……」女友這麼回答，感覺得出她也因強風而說話困難。

我勉強睜開眼睛，確認方向，小心翼翼地避免撞上松樹，朝著車子的停放處前進。我們的運氣不太好，車子停在比較遠的位置。

突然間，我看見一尾巨大的魟魚朝著女友撲去。

魟魚的身上沾滿塵埃，在松樹之間穿梭，藉著風勢，眼看就要撞上女友的背部。

我大吃一驚，想要撲上去救她，就在此時，似乎有東西擊中魟魚。

整件事情發生在一瞬間。在狂風暴雨的吹襲下，我的腦袋一團混亂。我的第一個反應，是以爲有人拿獵槍擊中了魟魚。

魟魚當場墜落。

定睛一看，那根本不是什麼魟魚，而是疑似帳篷屋頂的一大塊防水布。怎會有這種東西突然飄過來？擊中那塊布的也不是獵槍子彈，而是一塊拳頭大小的石頭。

「你們沒事吧？」

不遠處傳來呼喊聲。我轉頭望去，附近站著一個男人。那男人比我年輕一些，約莫二十歲上下，只見他彎曲右肘，擺出拋擲的動作。那塊防水布雖然不是什麼可怕的怪物，但相當巨大。我幾乎不敢相信，那男人竟能以一顆石頭將其擊落。但事實擺在眼前，不由得我不信。

「我們的車子就在那邊，先上來避一下風雨吧。」男人走在前方引導我們。我不清楚這男人的身分，有點遲疑，不曉得該不該貿然坐上他的車子。此時風勢不減反增，女友走得踉踉蹌蹌，似乎隨時會摔倒。男人走向一輛大箱形車，拉開側滑門，我沒有其他選擇，只好帶著女友跳上車。

「哇，你們簡直成了落湯雞，先擦一下吧。」車內有個男人分別遞給我和女友一條毛巾。那男人滿頭白髮，看起來頗有年紀。

剛剛的年輕男人關上了側滑門。

「外頭很危險，所以我把他們帶進車裡。」年輕男人坐上駕駛座，朝其他人說道。

就連他在說話的時候，箱形車都在搖晃。風大到幾乎要吹翻車子。

車內除了白髮男人之外，還有一個男人。他的年紀看起來比我大，有著高挺的鼻梁及藍色眼珠，像是西歐人。他朝著坐在駕駛座的年輕人問：「如何？門出現了嗎？」

「沒有……雖然湊齊了，但完全看不到門的蹤影。」年輕人說著，不知從何處取出雜誌和剪刀。女友看見尖銳的剪刀，嚇得縮起身子，我也心頭一驚。但年輕人似乎毫不在意，接著說：「對了，『石頭』被我丟出去了。」

「果然刻意湊齊是沒有用的。」白髮男人皺眉說道。「而且『剪刀石頭布』太容易湊齊了。」

「會不會是門出現了，卻被風吹走？」

「不，我仔細看過，門應該沒有出現。」

聽著他們的對話，我猜想他們可能是音樂活動的工作人員吧。偶然間，我與女友四目相交。她一邊以毛巾擦拭頭髮，一邊轉動眼珠，露出別有深意的表情。

她想表達什麼？

我不明白她的意圖，只好以嘴形問她：「怎麼了？」

她迫於無奈，只好獨斷採取行動。「請問……你們說的『門』是什麼意思？」

我恍然大悟。「門」的事情，正是我們今天來到豬苗代湖的理由之一。

三個男人交換眼神，不知在確認什麼。

「其實……」坐在駕駛座的年輕人開口：「我們來到這裡的目的，是爲了讓

『門』出現。」

我忽然覺得年輕人的聲音有些耳熟。望向女友，她點點頭。

「請問……你們是不是拍過遊戲實況影片？」

思歸的少年

沒想到會在這裡遇上遊戲頻道的觀眾，我著實吃了一驚。就連一向冷靜的春斗特務，也露出詫異的表情。

「難怪我覺得你們的聲音有些耳熟。」那男人說：「你們是『大哥』和『小弟』吧？」他說出了我們在遊戲頻道使用的綽號。

「看來你們已成爲公眾人物。」橋田一派悠哉地說道。

「你們剛剛好像提到『猜拳』、『湊齊』之類的……請問那是什麼意思？」

女人臉上帶著些許尷尬的神色。

於是，我說出此行的目的。這兩人是遊戲頻道的觀眾，知道我們是從另一個世界穿過了門，來到這個世界。雖然他們可能只是半信半疑，並非全盤相信，至少在溝通上不成問題。

「要讓『門』出現，似乎必須湊齊某些要素。」

「湊齊某些要素？」

「沒錯，而且很可能是三樣，譬如『豬鹿蝶』。」橋田解釋。

「那『猜拳』又是什麼意思？」男人歪著頭問道。

「石頭、剪刀、布。」春斗特務豎起三根指頭。「我們湊齊了這三樣東西。」

「我把這三樣東西排在地上，但門沒有出現。這個時候，天氣突然變差，接著我就看到你們兩個。」

天空突然飄來一大塊布，眼看就要撞上那女人，所以我趕緊拋出石頭，把那塊布砸落。

男人與女人同時望向車外，說道：「『門』沒有出現。」

「事先刻意準備，果然沒有用。」春斗特務說道。

我心裡早有這樣的預感，無奈地說：「看來……還是得偶然湊齊才行。」

「啊！說到偶然湊齊，去年我們遇過類似的狀況！」男人忽然拉高了嗓音。

「什麼意思？」春斗特務湊上前問。

「其實，去年我在這裡看見了『門』。而且那時候，我們偶然湊齊了三樣東西。」男人說道。

接著，他描述去年在這座停車場發生的事情。兩輛車子發生碰撞意外，偶然湊齊了三個姓名和生日完全相同的人。

「這未免太巧了吧。」橋田哈哈大笑。

「是真的，我自己也嚇了一跳。後來我就看見一道門，有兩個男人走出來。」

「那就是我們。」「那就是我們。」我與春斗特務異口同聲地說道。

「果然，我就知道是你們。」男人嘴上這麼說，表情依然帶著幾分懷疑。

「只要讓相同的狀況再發生一次就行了？」春斗特務說道。

「應該吧。」我點了點頭。

「要回到剛才那裡去看看嗎？」女人問。

「兩位的姓氏，該不會跟我一樣都是『橋田』吧？」

男人和女人同時搖頭。「我姓松嶋，她姓天野……可惜都不一樣。」

此時窗外的風勢越來越強勁，連車體也隱隱晃動。雨珠猛烈地撞擊在車窗上。天空一片漆黑，我不禁擔心這樣的狀況會永遠持續下去。

雖然肚子不餓，但我無事可做，便拿出CEO送的飯糰，分給眾人。大家吃著，窗外的雨逐漸止歇，風勢也減弱了。

結婚的男人

「怎麼了？」我們下了車，向三人道謝之後，女友這麼問我。她大概是注意到我一直在左顧右盼吧。

「感覺有人拍我的肩膀，轉頭一看，原來是這根樹枝打到我。」我捏起一根長約十公分的樹枝。

「不曉得是從哪裡飛來的……」

「除了樹枝之外，還有那張紙……完全不曉得來自何方。」我指著數公尺前方說道。

女友轉過頭去，看著那翩翩飄落的紙張。

網紅「小弟」走了過去，拾起那張紙，說道：「上面印著箭頭。」多半是音樂活動的方向導引標示吧。被強風一吹，竟然飄來這裡。

當「小弟」拿起那張紙時，上面的箭頭剛好指向豬苗代湖。所有人都不約而同地朝箭頭所指的方向望去。

「每次像這樣有東西碰到身體，或是有什麼東西被風吹到我的附近，我都會覺得是爸爸在給我暗示……或許是爸爸想要幫助我們。」

「幫助我們？」

「沒有變成星星，也沒有變成風，只是暗中幫助著大家的爸爸……我總是忍不住想像那樣的畫面。」

「了不起的遊魂？」

「沒錯，爸爸曾說『絕大部分的事情都能重來』……或許爸爸正是想要幫助那兩個人回到他們的世界，讓一切從頭來過。」

「這就是妳父親的計畫？」我不禁想起女友的父親生前曾舉行「作戰會議」。

「其實稱不上什麼計畫吧。」

聽女友這麼說，我更加在意那張紙上的箭頭方向。我朝著那方向望去，發現有幾個人聚集在松樹林的外頭。於是我和女友邁步走去，兩個網紅和橋田也跟在後頭。

來到松樹林外一瞧，那裡有三名老人，正忙著將一根根木頭排列在沙地上。「請問你們在做什麼？」我問道。其中一名老人回答：「剛剛那場大雨，讓大家都濕透了，我們打算生火取暖，你們要不要一起來？」

確實有些寒意，要是能夠生火取暖，就再好不過了。只是，附近一帶的樹枝及樹葉都是濕的，根本沒有辦法生火。

正當我感到越來越寒冷的時候，另一個男人拎著紙袋走過來，說道：「這個應該能用來生火。」

「那是什麼？」我問道。

男人粗魯地取出袋子裡的東西，扔在地上。「練劍道的舊竹刀，現在用不到了。我打算丟掉，於是將它折斷，剖成好幾條。」

我低頭一瞧，確實是剖成細條狀的舊竹刀。男人將那些細條像堆積木一樣排列在地上。「完全放晴了。」橋田仰望天空，張開雙臂。

暴風雨消失得無影無蹤，我不禁懷疑剛剛的暴風雨只是一場夢。但朝遠方望去，可看見音樂活動的工作人員忙得好似無頭蒼蠅。有的扶起倒下的支柱，有的修理崩塌的舞台。我不禁暗想，他們眞是辛苦。如果可以的話，實在很想過去幫幫他們。

驀然間，好像有人拍了拍我的肩膀，接著耳畔有道聲音說：「沒錯，去幫他們吧。」但我的身邊當然一個人也沒有。

「我們去幫忙吧。」小弟忽然說道。看來他正想著跟我一模一樣的事情。

「沒錯。」大哥也點了點頭。

「那門的事情怎麼辦？」橋田問道。

兩個網紅互相對看，似乎在交換意見。接著他們聳了聳肩，露出寂寞的微笑。或許是放棄了吧。霎時，我突然好想助他們一臂之力，可惜現實中我什麼忙也幫不上。

「宮島，差不多可以點火了。」帶來竹刀的男人，朝著手持點火工具的男人說道。

「啊！」聽到這句話的瞬間，我靈光一閃。

幾乎是同一時間，女友也喊了一聲「啊」。我忽然有種莫名的感動。就像是去年尾牙的賓果遊戲，我跟她同時達成賓果一樣。

「怎麼了嗎？」大哥問道。

「好像湊齊了。」我回答。女友跟著點了點頭。

「湊齊了？湊齊什麼？怎麼湊齊的？」小弟湊過來問道，手裡還拿著飯糰。

我並不打算賣關子，旋即解釋：「剛剛聽見有人叫他『宮島』，我才想通這一點。」

姓宮島的男人忙著往竹刀上點火，聽見我喊他的名字，轉頭問：「你叫我？」我連忙揮手說：「抱歉，沒事。」

接著，我向三人解釋：「我姓松嶋，她姓天野。」

「所以呢？」

「我們湊齊了『日本三景』，也就是日本的三處名勝景點。松島、宮島和天橋立。」

「日本三景？」小弟瞪大了眼睛，「有觀眾留言提到這個！」

「原來如此。」大哥說道。

「等等，宮島確實沒問題，松嶋和松島同音，還說得過去。但天野有些說不通吧？天野（AMANO）的發音只是天橋立（AMANOHASHIDATE）的前半段……」橋田說到這裡，笑了出來。「原來如此，我明白了。你連我的姓氏橋田（HASHIDA）也加進去了。」

「沒錯！」我不自覺地拉高了嗓音。「天野加上橋田，就能組成天橋立！日本三景湊齊了！」

「這還是有些勉強，天野（AMANO）加上橋田（HASHIDA），要拼成天橋立（AMANOHASHIDATE）差了『TE』。」

「差一點點而已，不要斤斤計較啦。」見他指出了破綻，我不由得苦笑。橋田與兩個網紅聽我這麼說，表情都有些尷尬。

「我想到的不太一樣。」此時女友突然冒出一句。

「妳想到的不太一樣？」面對意外的話語，我不由得反問。

「我是看到那把竹刀才想通的……這裡不是有一座松樹林嗎？竹刀是竹，松樹林是松……」

「松竹梅！」橋田雙手一拍，「這裡有松也有竹……」

梅呢？我心中冒出這樣的疑惑，只見女友轉頭望向小弟的手。他的手上仍握著吃了一半的飯糰。我甚至不用確認飯糰裡包了什麼，便已明白女友的意思。

「確實湊齊了。」

「等等，我的日本三景搞不好也行。」此時，我的腦海浮現女友在賓果遊戲結束後說的那句話。「最難能可貴之處，在於它有各種不同的組合，答案並非只有一個。」

任何組合都可以是正確的答案，只要最終能夠湊齊就行了。

「看！」不知是誰喊了一聲，松樹林裡隱約出現一道門。

兩個網紅毫不遲疑地奔向那道門。

我愣愣地看著兩人的背影，忽然有道聲音在我耳畔呢喃：「你的日本三景實在有些牽強。」我吃了一驚，連忙環顧四周，一個人也沒有。

〈我是了不起的遊魂，放心交給我吧！不讓悲劇發生，因為我會踩下煞車〉

第七年

豬苗代湖的男人

上面是天空，下面也是天空。我不禁產生這樣的錯覺。晴朗的天空中飄浮著白雲，眼前的湖面映照出天空的蔚藍，遠方的磐梯山山影也帶著藍色。放眼望去，只有藍、白兩種顏色。微風在豬苗代湖的湖面上吹起小小的漣漪，映照在上頭的景象有如水彩畫般渲染開來。我看著這幅美景，內心彷彿也正受到微風吹拂。

不遠處有一座小小的舞台，工作人員忙著架設音響器材及照明器具。

「當天有演唱會？」站在我身旁的門倉課長問道。「我不是早就給過您資料，還向您說明過了？」我忍不住抱怨。

「噢，眞的很抱歉。」門倉課長對年紀比他小兩輪的我連連鞠躬致歉。「最近一直在跑客戶，沒有時間看資料。」

最近的門倉課長，依然過著每天到處向人道歉的日子。這個活動本來是由其他課負責處理，門倉課長卻來到活動會場，正是因爲他必須負責「向人道歉」。

這件事是任職於另一部門的妻子告訴我的，妻子是聽同事說的，而那個同事也是聽別人說的，恰恰印證「紙包不住火」這句俗諺。總之，事情的來龍去脈如下：「我們公司的常務董事在開會的時候，惹火客戶公司的某高層人物」「任何人都看得出來，這件事情是我們公司的常務董事的錯」「偏偏我們公司的常務董事很不擅長向人道歉，道歉的方式反倒更加惹惱了對方」「當務之急是趕緊向對方好好賠罪，趁早修復雙方的關係」「乾脆交給門倉課長去道歉好了」。於是這件事情的責任，就落在門倉課長身上。

根據我接到的消息，該客戶公司贊助了豬苗代湖的這場活動，所以在這個搭建會場的日子，那位高層人物也到場監督施工。

「對了，松嶋……小原庄助到底是怎樣的人物？」門倉課長忽然問我。

我一聽就知道門倉課長指的是誰。小原庄助是在會津地區民謠《會津磐梯山》中登場的人物。

「歌詞裡說他每天睡到中午，起床就喝酒、泡澡，坐吃山空，花光了所有財產……真的有這個人嗎？」門倉課長問道。

「關於這一點，有各種不同的說法。有人說是影射歷史上的某個人，有人說在戊辰戰爭死去的人當中，確實有個同名同姓的人物。總之，這個人每天睡覺、喝酒、泡溫泉，過得逍遙自在。」

「既然被寫進歌詞裡，應該不會是大家討厭的人吧？」

「這個嘛，如果悠閒度日還能累積龐大財富，一定會成爲大家嫉妒的對象。但這個人最後花光所有財產，變得一窮二白，反倒讓大家吐了一口怨氣，所以不那麼討厭吧。」我說道。而且還能作爲警惕世人的教材。

「每天睡到中午，起床就泡澡，眞讓人羨慕。我要是幹這種事，一定會被老婆罵到臭頭。」

我不曉得該如何回應，只能露出苦笑。

此時，不知何處傳來歌聲。聽得出那不是現場的演奏，而是來自工作人員設置的擴音器。

那是我從來沒聽過的歌。隨風飄來的歌聲既溫柔又可愛，讓我有一種受到溫暖包覆的感覺。

〈希望我最喜歡的那個人，能夠過著幸福的日子／希望我最喜歡的那個人，能夠過著富裕的日子〉

我聽了那歌詞，實在不懂其中的意境。沒想到，門倉課長卻說：「眞是讓人感觸良深。」

「課長心中也有最喜歡的那個人？」我忍不住問道。

「我女兒還在讀國小的時候，有一次她在週末的深夜裡發高燒，我和老婆都急得不得了，不曉得該怎麼辦才好，後來緊急送往住家附近的診所。」

「那家診所有急診室？」

「不，那只是私人經營的小兒科診所，網站上寫明了看診時間。不過，那個看診時間僅供參考，無論是在深夜或是假日，醫生都會看診。那天深夜，就是他救了我女兒。」

「聽起來是個好人。」

「沒錯，是很好的醫生。他幾乎沒有休息，對身體造成的負擔應該很大吧。爲了孩子們的健康，他犧牲了自己的生活。」

「您剛剛說感觸良深，是想到了這個醫生嗎？」

「是啊，我由衷希望他能夠過得幸福，而且過得富裕。」

〈那樣的世界，那樣的命運，希望那個人，能夠那樣走下去〉

「這一點我確實有同感。不過，既然他是醫生，要過得富裕應該一點也不難吧？」

「那麼努力看診，我認爲他的富裕程度應該要能夠住進宮殿才對。」

「難不成要在宮殿裡經營小兒科診所？」

「我倒是沒想那麼多，對不起。」

「這不是什麼需要道歉的事情。」我再次苦笑。四年前，我跟門倉課長一同來到豬苗代湖。那一天的談話，讓我從此對他刮目相看。但疏遠了一陣子，如今再次與他閒聊，又忍不住覺得「這個人畢竟還是相當失敗」。

〈希望那個人，能夠過著幸福的日子〉

我聽著那旋律，腦中浮現「那兩個人」。去年我在這裡遇上的，那兩個遊戲頻道網紅。

負責協助他們公開影片的經紀事務所，對外宣稱「他們離開了這個業界」，只有我與妻子知道背後的眞相。

他們回到了另一個世界。那是一個我看不見的世界。當然，他們很可能也看不見我。

我不禁想爲身在遠方的他們祈禱，希望他們能夠過得幸福。

「代表，今天是否依照預定行程，參加在巨大湖泊舉行的典禮？」我問道。穿著氣派服裝的春斗特務，一臉靦腆地說：「別用那麼正式的稱呼，叫我春斗特務就行了。」

「那可不行，現在你是組織的代表，不是基層的諜報員。」我應道。當然，在我的心裡，他永遠是春斗特務。

「代表這個職位，其實是不久前才創設的，不是嗎？」

「我們需要一個代表，而你就是我們的代表。」

一年前，我與春斗特務從那個陌生的世界，回到了原本的世界。當時我們的心中半是欣慰，半是不安。欣慰的是我們終於回到故鄉，不安的是回到故鄉之後的我們，反而失去棲身之所。當初我們被迫逃亡，正是因爲遭到我們所屬的組織背叛。難道組織的那些人會攤開雙手說，「歡迎你們回來，很高興你們平安無事」？不，絕對不可能。

明知不可能，最後我們還是決定回到組織裡。

理由十分簡單，我們已厭倦尋找其他的選項。

在陌生的土地上過著和平悠哉的生活雖然也不錯，但這樣會讓我們的精神變得萎靡，形成心理上的壓力，產生一種周圍的時間都因墮落而腐爛的錯覺。於是，我和春斗特務認爲，與其這麼渾渾噩噩活著，不如回去我們應該返回的地方。我們算是頗爲幸運，通過那道門之後，發現了一架舊型的蟬飛行器。我們決定搭乘牠回歸總部，至於會有什麼後果，我們並沒有想那麼多。果不其然，一回到總部，我們立刻遭到逮捕。

我們旋即因叛逃的罪名受到監禁，等待接受懲罰。我們就這麼放空心思，平靜度過每一天。

後來事情有了轉機，不過這並非出於我們的努力，而是總部內爆發大規模的派系鬥爭。

數年前，組織內有些高層人士刻意陷害春斗特務，企圖將他抹殺。同樣的道理，組織裡當然也會有人想要設計陷害這些高層人士，剝奪他們的權勢。只能說風水輪流轉，現世報來得快。

說穿了，就是「親春斗特務派系」推翻了「反春斗特務派系」。

政變一發生，我們馬上獲得釋放。

我們的好運不僅止於此。

在我們離開的這段期間，我方組織與敵方組織之間的鬥爭關係也發生了變化。近十年來，雙方組織持續進行著軍事武器研發競賽。我方組織主要研究奈米武器，敵方組織主要研究昆蟲武器。但這樣的競賽，主要是基於雙方互不相讓的鬥爭心態，並非有什麼實質的利害關係，反倒造成軍事費用過度龐大及研究人員疲累不堪等問題。尤其是後者的問題相當嚴重，許多研究人員每天忙得焦頭爛額，一再遭高層要求研發新型態武器，早已喪失研究動力，其中不乏罹患精神疾病的案例。甚至有研究人員丟下一句「你們乾脆先研發奈米研究人員好了」，便逃得不知去向，整個研究機構幾乎陷入癱瘓的狀態。

幸好敵方組織的狀況也是大同小異，雙方的研究人員都只是在苦撐而已。

後來不知是誰，也不知是在什麼情況下，提出「結束目前的競爭方式」的建議，獲得雙方高層的認同，就此達成共識。雙方決定以另一種方式，進行一次性的對決，徹底分出高下，爲這場鬥爭畫下休止符。

那麼，要採取什麼方式進行對決呢？

最後決定以當時雙方陣營剛取得的神祕裝置進行對決。由兩人拿著操控手把，看著螢幕進行虛擬戰鬥。雙方各選出三名操控士，三戰兩勝制。

我與春斗特務一聽到這件事，馬上自告奮勇參加對決。我們擁有充分的自信。因爲在回歸故鄉之前，整整一年，我們在神祕國度幾乎每天幹著相同的事情：打電動。

豬苗代湖的男人

「這次的事情，眞的非常抱歉。」雙方互相自我介紹後，門倉課長隨即深深鞠躬，向對方道歉。對方頓時傻住，笑著問：「怎麼回事？爲什麼突然向我道歉？」

近年來年輕的企業經營者並不罕見。有些企業經營者跟我年紀相仿，甚至比我更年輕，卻因公司快速成長而成爲社會上的風雲人物。每當看見這種成功人士，我都會感到很不安，懷疑自己讀大學、找工作、領薪水、爲人辦事的人生模式落伍了。

此時站在我眼前的那名身材苗條的女性，有著「企業代表董事」的頭銜。她姓辻本，雖然年紀比我大上一輪，但近來靠著經營網路資訊顧問企業而聲名大噪，可說是最近炙手可熱的年輕企業家，經常在網路媒體及電視節目上露臉。門倉課長的道歉對象竟然是她，我頗為驚訝。

門倉課長的腰彎成了漂亮的九十度，我站在旁邊，總不能擺出一副旁觀者的態度，只好跟著一起鞠躬哈腰，同樣說了一句「真的非常抱歉」。

辻本面露微笑，「連局外人也向我道歉，實在讓我有些尷尬。」

「對不起，讓您尷尬了。」門倉課長為自己的道歉而向對方道歉。辻本笑了出來，說道：「好了、好了，我沒有生氣啦。」

辻本揮了揮手。她表現得寬宏大量，或許是公司的飛躍性成長，給了她充分的自信吧。我暗暗鬆了口氣。辻本不愧是現代社會的代表性人物，不會那麼小家子氣，被生意往來的對象說幾句失禮的話就懷恨在心。

門倉課長似乎也鬆了口氣，接著說：「那麼，明年希望貴公司繼續協助舉辦這個活動。」沒想到辻本以理所當然的口吻說了一句「不可能」，我們都傻住了。

「咦？」

「你們沒有必要向我道歉，但我也沒有理由繼續和你們合作。」

「敝公司的這個活動……」門倉課長正要進一步解釋，不遠處忽然響起一群人的歡呼聲，頓時將他的聲音徹底掩沒。我轉頭一看，湖邊有一架無人機緩緩升空。那似乎是攝影用的無人機，輕飄飄地浮上天空之後，靜靜地在空中平移。

「其實，我搞不太清楚你們這個活動在做什麼。」辻本聳聳肩，「我答應協助這個活動，完全是我們公司的副社長宮本大力推薦的關係。另一方面，我大學時期曾來豬苗代湖旅行，很喜歡這個地方。老實說，我非常討厭你們公司的那個人，不打算繼續與那個人所待的公司維持合作關係。」辻本相當坦率，聽起來並非刻意譏諷或威脅，也不是刻意玩弄什麼策略。她接著說：「我想那個人應該經常給你們公司的年輕職員們添麻煩吧？那種人要是在我的公司裡，我絕對不會派給他任何重要的工作。」

我幾乎忍不住要點頭認同。我們公司裡的那個常務董事喜歡濫用職權，給大家添了很多麻煩，但社長特別中意他，所以他可說是捧著鐵飯碗。

我轉頭望向門倉課長，只見他目不轉睛地看著辻本，並沒有因無法獲得原諒而慌張，也沒有因無法達成任務而焦慮。半晌之後，他又恭恭敬敬地向辻本低頭鞠躬，說道：「我很希望跟擁有像您這種想法的人一起工作。」老實說，這句話太過坦率，簡直是小學生的感想。

「就算你這麼說，我也沒有辦法遷就你。」辻本露出些許不知如何是好的神色。「門倉先生，看得出你是個好人，但除非能提出對我們特別有利的條件，否則很難維持合作關係。」

就在這時，另一個男人走了過來，身旁還帶著貌似小學生的少年。

「他就是副社長宮本。」辻本說道。宮本將近四十歲，和辻本差不多，身材頗為矮小，但走路抬頭挺胸，看起來一副精明樣。

「宮本，你來得正好，對方來向我們道歉。」辻本先說出我們公司的名稱，接著介紹我們兩人。宮本充滿自信地說：「你是門倉課長吧？我有接到你今天會來的通知。」

雙方正要交談，宮本身旁的少年忽然舉起手中的昆蟲籠子，說道：「你們看！」

當場有兩人發出尖叫，一個是辻本，另一個就是我。我本來以爲那籠子裡的昆蟲大不了是蝗蟲、蝴蝶或是蟬，沒想到湊過去一看，裡頭的蟲子竟然有著長得嚇人的後肢，顏色是接近黑色的茶褐色。

「你沒見過這種昆蟲嗎？這叫灶馬。」少年拿著籠子湊近我。

「我知道、我知道。因爲我知道，所以我很怕。」雖然對方只是個孩子，我的口吻仍相當客氣。

「爲什麼？牠沒有毒，也不會咬人。」

少年說的並沒有錯。但灶馬這種昆蟲的後肢極長，軀體圓滾滾的，那模樣實在讓人發毛。我還記得小時候在祖母家的浴室洗澡，突然出現一隻灶馬，牠展現驚人的跳躍力，竟然跳到我的大腿上。那強烈的恐懼感深深烙印在我的心中，揮之不去。我把這件事告訴少年，少年作出公正的判決：「這不是灶馬的錯。」

「沒錯，正如你所言。」我回答。辻本和宮本都笑了出來。

〈心動，動心〉

擴音器傳出與剛剛完全不同的旋律。那輕快柔和的歌聲，好似搖晃著藍色的天空、湖泊及微風。

〈轉動，滾動，快動〉

無人機彷彿載著那歌聲，懸浮在空中。

執行任務的少年

我與春斗特務藉由拍攝遊戲實況影片訓練出的技術，遠遠超越了我們的預期。與敵方組織決戰的前一天，我們組織內部進行了出戰者選拔，我與春斗特務技壓全場，令所有人跌破眼鏡。

第三名出戰者，是一名姓本田的特務，他有著瘦削的身材及一頭短髮，我們從未打過照面。「請多指教。」他滿臉堆笑，說道：「要是輸了，一切就完了。這一戰我方非贏不可，這叫『勝不驕、敗不餒』。」

雖然他用的俗諺有點牛頭不對馬嘴，但看起來人不壞。

最後一天的決戰，可說是贏得毫無風險。我與春斗特務只是抱著在另一個世界拍攝遊戲實況影片的心情輕鬆玩，就將對手打得毫無反擊能力。本田特務打電動的技術也相當好，超過了我們的期待。

見雙方實力相差懸殊，敵方組織輸得心服口服，並沒有提出抗議。

「或許對方也一直在期待著，兩個組織之間的紛爭終結的那一天。」一個月前，春斗特務如此說道。當時雙方正在兩個組織的邊界上，簽署「停戰」協議。

〈希望我最喜歡的那個人，能夠過著幸福的日子／希望我最喜歡的那個人，能夠過著富裕的日子〉

有人一邊唱歌一邊走近。我轉頭一看，原來是本田特務。

「那是什麼歌？」我問道。他笑嘻嘻地說：「這是我很喜歡的一首歌，在那邊的時候常聽。」

「那邊……？」

此時，他湊過來說：「其實我來自另一個國度。怎會跑到這裡來？我自己也不記得了。」他的口氣簡直就像是坦承自己做了一個惡作劇。

「咦？」

「雖然在這裡的生活十分開心，但我總是忍不住期盼那邊的人能夠過得幸福。」

「呃……」

「從前有個我喜歡的音樂家，他加入美國的樂團，寫出許多帥氣動聽的歌曲，而且很會彈吉他。本來以爲他非常有錢，沒想到讀了他晚年接受採訪的文章，才知道他的生活過得很苦，我眞的大受打擊。」

我們曾在那個國度生活，大致明白「美國」、「音樂家」、「採訪」這些詞彙的意思。

「人生充滿太多不合理的事情。好人總是特別倒楣，壞人總是逍遙法外，我眞的很討厭這種不公平的狀況。」

我正要回答「我也討厭」，春斗特務恰巧從走道的另一頭走過來。

「我們走吧。」

「你們要去哪裡？」本田特務問道。

「巨大湖泊附近的敵方組織……當然，他們現在不是敵人了，總之我們要去那裡的一座設施。」

那座軍事設施過去讓我與春斗特務吃了不少苦頭，如今已轉爲和平用途，充分運用其技術及知識爲世人謀福利。爲了紀念這項創舉，今天要舉行一場典禮。

春斗特務立了大功，獲選爲組織代表，將在典禮上致詞。

我們沿著走道前進，來到建築物的外頭。眼前是寬廣的跑道，停放著「噴射蟬」及「蜉蝣飛行艇」。

「那我們出發吧。」本田特務興奮地說道。

爲什麼本田特務會與我們同行？我有些錯愕，但春斗特務絲毫不以爲意，我也就睜一隻眼閉一隻眼。

豬苗代湖的男人

「我很喜歡那個裝飾物。」辻本或許是爲了強迫自己不去注意那昆蟲籠子，刻意指著舞台後方的巨大裝飾物說道。那是一座相當大的不倒翁，約有五公尺高。「不僅有魄力，還有一種獨特的可愛。」

「那是松嶋的點子。」門倉課長看著我說道。

「不，正確來說，是我太太的點子。她從以前就喜歡那種造型的不倒翁，據說原本是會津地區的民間工藝品，擁有約四百年的歷史。它有著不管倒下幾次都會站起來的堅強特質，以及溫柔可愛的外貌，相當受人喜愛。」

這種會津地區特有的不倒翁，外型與一般的達摩不倒翁頗爲相似，只是頭部比較尖。

——希望敝公司與貴公司的關係，也能像不倒翁一樣，就算遭遇挫折，摔倒在地，依然能不屈不撓地站起來……

我忽然想要對辻本這麼說，最後沒有說出口。畢竟這種說詞太做作，只會給辻本帶來困擾。

這種話根本無法打動人心。

「你們剛剛談得如何？」宮本詢問辻本關於道歉的事情。

「我才剛對門倉先生說明呢。雖然他向我道歉，但眞的很不好意思，跟他們公司繼續合作下去並沒有任何好處。」

「原來如此，我早就猜到會是這樣的結果。」宮本似乎一點也不驚訝，顯然十分清楚辻本的性格。

「宮本先生，聽說你對我們這個活動相當感興趣，不曉得有什麼特別的原因嗎？」我會這麼問，只是出於個人的好奇心。不，嚴格來說也不是什麼好奇心，只是想要找個話題打發時間而已。

然而，宮本說出的理由，卻讓我頗爲意外。「我兒子從小心臟就不好。」手持昆蟲籠子的少年此刻正在遠處，拿著樹枝在地面上畫圖。

怎會突然提起這個話題？我不禁疑惑。「爲什麼在說這個？」一旁的辻本似乎也相當錯愕。

「他必須接受移植手術才能存活。而且他的症狀比較特殊，日本的醫院沒有辦法處理，得到外國動手術才行。這要花非常多的錢，我只好到處募款。」

「啊，這我知道。」門倉課長點了點頭。「我在電視上和網路上都看過募款的文宣。」

我愣了一下，好像在哪裡聽過類似的事情。

「我一方面感到很不安，擔心募不到款，一方面又陷入自我厭惡的狀態。世上有太多缺錢的人，我卻滿腦子只想著要募款來拯救自己的兒子。」宮本淡淡地說著心中的糾葛。「後來我跟妻子討論，準備取消募款的時候，忽然有人匯了一筆錢進來……」

「有人捐款？」

「沒錯，而且金額高達一億圓。」宮本目不轉睛地凝視著門倉課長，我也忍不住望向站在身旁的他。

「有這種事？你怎麼沒有跟我提過？」辻本吃了一驚，「一個人就匯了一億圓？」

「沒錯。」宮本點點頭，「我不僅嚇了一大跳，心裡也有點害怕，畢竟這種事情太不尋常，搞不好是惡作劇。」

「後來你怎麼處理？」辻本問道。

「說起來對那個人很抱歉，但我暗中調查過那個人的底細。」宮本說道：「捐款的那個人，在捐款單上寫下姓氏。至於他的詳細身分背景，則是徵信業者幫我查出來的。業者在調查的過程中，似乎使用了一些遊走法律邊緣的手法。總之，我不僅查出匯款銀行，還找到知道內情的人。原來那個人買樂透中了一億圓，當場就把錢全部捐出去。」

「你的意思是，他中了一億圓，把錢全部捐給你？天底下會有這種人？是你原本就認識的人嗎？」

「完全不認識，但他爲了我的孩子，毫不猶豫地把錢捐出來。」

我向門倉課長連使了好幾個眼色。

他說的那個人，明顯就是門倉課長。

「但你爲什麼突然提起這個話題？」辻本又問。這兩件事有什麼關聯？

「多虧了那個人，如今我兒子才能那麼健康。」宮本這句話似乎不是對著辻本說，而是對著門倉課長說。

我不禁望向遠處那名少年的背影。宮本應該早已查出，捐出一億圓的人就是門倉課長吧。正因如此，他才會對這場活動感興趣。他今天來到這裡，也是得知門倉課長要來向辻本道歉。或許他心裡一直很期待，想讓門倉課長看見兒子健康的模樣。

「眞是太好了。」門倉課長面露微笑，點點頭。「但願……」

「但願什麼？」宮本問道。

「但願天底下像這樣捐款的人，不論捐款的金額多寡，都能夠過著幸福的日子。」門倉課長說得感慨萬千，接著又急忙解釋：「啊，眞是抱歉，我聽到剛剛那首歌，才會有這樣的想法。」

門倉課長的這句話，並沒有什麼問題。但我再也按捺不住，決定與門倉課長舉行一次作戰會議。「眞是不好意思，稍微失陪一下。」我向辻本和宮本鞠躬道歉，將門倉課長拉到一旁。

「有什麼問題嗎？」門倉課長一派悠哉地問道。「你爲什麼不說出來？宮本先生應該早就知道了吧。你有什麼理由必須保密？」由於情緒激動，我的聲音變得有些尖銳。

「咦，你要我說什麼？」門倉課長愣了一下。

「當然是你捐了一億圓的事。那個人明明就是你，爲什麼不說出來？可別告訴我，你忘記這件事了。」

「我當然記得，只不過……」

「只不過什麼？」

「那個人不見得是我吧？或許還有別人做了相同的事情，所以我不敢隨便亂說。」

「除了你之外，還有誰會做那種事！」我忍不住大聲反駁。門倉課長不以爲意，歪著頭說：「眞的嗎？不過坦白講，我不相信他能夠查出匯款者的身分。或許他只是隨便說說。」

這個人到底是怎麼回事？強烈的錯愕，讓我的心中隱隱燃起一把怒火。是他太遲鈍嗎？抑或是他的心胸太寬大，誤以爲每個人的心胸都很寬大？

我朝辻本及宮本瞥了一眼。他們正在交談，手持昆蟲籠子的少年回到他們身邊。

「抱歉，我來晚了。」身旁忽然有人說道。轉頭一看，原來是妻子。今天我們說好了，她要陪我回老家，所以約在這裡碰面。

「噢，天野。眞是不好意思，讓妳大老遠跑到這裡來。」「門倉課長，你不也是大老遠跑到這裡來？」

門倉課長走到辻本及宮本面前，向他們介紹我的妻子：「那不倒翁裝飾物的點子，就是她想出來的。」

「眞的嗎？」辻本的表情比剛剛和善。接著大家又是一陣寒喧與自我介紹，最後宮本的兒子竟然介紹起籠子裡的灶馬。妻子看見那昆蟲，發出驚呼，周圍的人都露出同情的微笑。那昆蟲明明沒做什麼壞事，卻被大家如此討厭，連我也不禁覺得牠有點可憐。

「這景色眞美啊。」門倉課長忽然望著湖面，感觸良深地說道。我跟著抬起頭。宛如鏡子般的湖面，以及蔚藍的天空，是如此遼闊。那無拘無束的空氣，彷彿在我的胸口內側迅速膨脹。沒有一絲一毫的氣焰，沒有一絲一毫的高傲，只是一幅純粹的景色，卻足以淨化我們每個人的心靈。

〈真是顆美好的星球，真是顆美好的星球〉

我又聽見了歌聲。

「雖然這個世界上充滿令人不安的要素……」妻子和我一起望向湖面。

真是顆美好的星球。但願有一天，我們能夠由衷這麼想。

執行任務的少年

典禮的規模比預期中更大，春斗特務受到熱烈歡迎的程度也超越我原本的想像。或許每個人都殷切期盼著紛爭的終結，只是我們忽略了這股力量。

露天會場上萬頭鑽動。起初，會場分成兩區，一區是來自我們總部的參加者，另一區則是來自敵方組織的參加者。後來大家很快發現這樣的區分沒有意義，於是就全打散，任由眾人混在一起了。

「春斗代表眞是太帥氣了。」本田特務說道。

春斗特務站在木頭搭成的演講台上，準備以「代表」的身分向所有人致詞。我在一旁默默觀察著。雖然大多數的人都對軍事紛爭終於結束感到欣慰，仍有少數人明顯心懷不滿。不論是何種狀態的組織，必定存在著反對勢力，倘若會場發生任何騷動或意外，我們必須負責加以排除。

「剛剛那些朋友，你不用去招呼他們嗎？」本田特務又開口問道。他似乎是個安靜不下來的人。

「朋友？」

「我們剛抵達這裡的時候，不是有好幾個人來找你，自稱是你的老朋友？」

「那些人根本不是我的朋友。」六年前，我會從這裡逃走，正是因爲無法忍受他們及我父親的欺凌及暴力。如今他們親眼目睹我在決戰中的優異表現，明白今後絕對不能再與我爲敵，才趕緊跑來找我，裝出一副老朋友的態度。我不禁嘆了一口氣，暗罵這幾個人的狡猾與卑劣。

本田特務見了我的反應，約莫猜出那些人與我的眞正關係，竟然改口：「如果你想要報仇，我可以幫忙。」看他一副不惜把事情鬧大的態度，我忍不住笑了出來。

「報仇實在太麻煩了。」我老實說出心中的想法。「只要他們離我遠一點，別過得比我幸福就行了。」

「眞不曉得你是太善良，還是不敢鬧事。」本田笑道。

春斗特務要致詞了。

他的聲音透過奈米麥克風，從環繞會場的奈米擴音器傳了出來。

「各位，我們經歷過許多事情。」春斗特務事前一直抱怨，不想致詞，上台的第一句話卻說得鏗鏘有力。

這樣的一句話，確實適合用來象徵一個嶄新的開始。我期待著他接下來會說出什麼內容，卻又擔心他會說得冗長無趣，掃了大家的興。

幸好，我馬上發現自己的擔憂是多餘的。

「如今一切終於塵埃落定，接下來的日子將會一天比一天更好！謝謝大家！」

春斗特務說完，高高舉起右手。

咦，就這樣？致詞結束了？會場內的所有人都愣了一下。但下一瞬間，整個會場歡聲雷動。

就在這時，演講台上出現另一個男人。難道有人突然跳上演講台？我心中一驚，急忙想要奔上前，卻注意到春斗特務一點也不慌張。他招招手，將那個男人喚至演講台中央，我才明白這應該是安排好的橋段。

接著我仔細一瞧，發現那個男人有些眼熟。

半晌之後，我終於想起來。他正是當初我與春斗特務逃出總部，在另一塊土地生活時，遇上的那個男人。他聲稱來自「另一個國家」，並告訴我們一些關於異國之門的線索。

「那是吉他！」我忍不住喊道。此時男人揹在肩膀上的樂器，我在「另一個國家」生活時看過。

「那是我帶來的。」本田特務得意洋洋地說道。

「咦？」

「我來到這邊的時候，身上剛好帶著不少行李。」

聽本田特務這麼說，我才想起他也是來自那一邊。不曉得是在怎樣的因緣際會下，他才來到這一邊？我正想開口詢問，會場內忽然爆出巨大的聲響。

我大吃一驚，差點沒跳起來。

原來是那個男人彈起吉他。旋律輕快，卻強而有力，足以撼動包含我在內的每個人。

原本站著不動的身體隨著音樂搖擺，不由自主地暗暗打起節拍。一種心曠神怡的感覺，包覆著會場內的每一個人。

男人唱起了歌。雖然有些歌詞讓人聽得一頭霧水，卻擁有一種奇妙的魔力，能夠讓人產生「這樣就對了」的念頭。

〈終於HAPPY、終於HAPPY、終於HAPPY／超HAPPY、OK／終於HAPPY、終於HAPPY、我不會再放手〉

我明顯感覺到，會場內所有人的心情都融爲一體。

雖然經歷不少大風大浪，雖然每個人都嘗過無法獨力回天的辛酸，但終於HAPPY了，我不會再放手了。每個人都如此想著。

就在男人快要唱完的時候，會場的角落忽然出現幾個人。他們推著推車，將一樣東西送到會場的中央。看起來像是附近的研究設施過去研發出來的兵器，我嚇了一跳，霎時背脊發涼。此時，典禮的司儀上台說：「這東西是爲軍事目的而製造，不過今後會用在爲大家帶來歡樂上。」我這才放下心中大石。

豬苗代湖的男人

「咦，那不是有名的演員嗎？」辻本突然指著遠方的某人說道。我朝那個方向望去，只見有個男人走向舞台。他的打扮相當休閒，上半身穿著T恤，下半身是牛仔褲。雖然個頭矮小，卻散發出一股不同於常人的氛圍。看起來既像是私人時間來遊玩，也像是爲了工作而來。

妻子說出那三十多歲演員的名字，轉頭問我：「你不是他的粉絲嗎？」我點了點頭，承認自己非常喜歡這個演員。

「最近他相當活躍呢。」宮本說道。我們都點頭同意。那演員還很年輕，卻常受邀演出外國電影或影集。「聽說他這幾年能夠快速發展，多虧有個賢內助。」

「眞的嗎？」妻子對這個話題十分感興趣。

「嗯，據說他太太說得一口流利的英語，個性又開朗隨和，幫他和外國的製作人建立了交情。」

原來如此。雖然不關我的事，但我不禁為那演員感到開心。因為他的「太太」，可能是我認識的人。數年前，我曾在工作餐會上見過他太太，對他太太說了很失禮的話。如今偶爾想起這件事，我依然會十分懊惱。儘管沒有明確的證據能夠證明當年餐會上的那位小姐，後來嫁給了那個演員，不過我的猜測應該沒有錯。

那演員的事讓我相當興奮，但我不想把話題扯遠，所以沒有說出口。

抬頭一看，無人機在我們頭頂上極高的位置緩緩平移。

我們幾個人繼續站著閒聊了好一會。從演員聊到電影，接著又聊到門倉課長、辻本及我的妻子剛好都喜歡同一位電影導演。我們幾個簡直像是好朋友，天南地北不停地聊，完全把常務董事、道歉及明年的活動等工作上的事情拋到九霄雲外。

我再次深刻體會到，擁有共通點，眞的能夠拉近人與人之間的關係。

宮本的兒子似乎在草叢裡撿到一架玩具飛機，正玩得開心。

少年拋出玩具飛機。那飛機乘著風，朝著湖面中央筆直飛去。它飛得非常平穩，絲毫沒有下墜的跡象。我們忍不住盯著那飛機，視線彷彿被牢牢綁在飛機上，目送著它的背影逐漸遠去。

我似乎聽見了歌聲。不知在何處，有人唱著「HAPPY」。

〈終於HAPPY、終於HAPPY〉

明明有歌聲，卻分辨不出從哪裡傳來，我甚至懷疑是自己幻聽。

終於HAPPY……希望將來有一天能夠成眞。

腦海浮現這個想法的同時，我聽見刺耳的尖叫聲。危險！快躲開！那聲音如此喊著。這次肯定不是幻聽，周圍的所有人都做出了反應。我正感到一頭霧水，有個工作人員從舞台的方向匆忙跑來，伸手指著頭頂，扯開喉嚨大喊：「大家快散開！」

我愣了一下，抬頭往上看，只見一架無人機懸浮在高空，宛如水母般上下搖擺。那無人機怎麼了嗎？難不成要掉下來了？應該不會吧？

那架無人機開始墜落。

千鈞一髮之際，我唯一能做的事情，只有拉著妻子，讓她蹲在地上，用全身保護她。至於周圍的其他人，我根本顧不了，只能祈禱他們都平安無事。

無人機撞在背上會有多痛？會受傷嗎？要是撞在頭上呢？各種擔憂浮現在我的腦海。

就在這個瞬間，頭頂上方傳來「砰」的一聲巨響。緊接著，遠方有人發出尖叫。而後四周一片靜寂，我一直以身體護住妻子。直到聽見遠處有物體掉落地面的聲音，我才抬起上半身。

到底發生什麼事？

一群工作人員跑過來，將我們扶起。「無人機ＡＩ故障，失控掉了下來，幸好沒有砸到人。」其中一人向我們解釋。

「那架無人機不是朝著我們掉下來嗎？」辻本神情慌張地問。她似乎也搞不清楚狀況。

「是啊，但它突然彈了出去。」工作人員解釋。「好像有什麼東西將它往上頂了一下，所以它掉到遠處了。」

「我看見了！」宮本的兒子忽然喊道。他聲稱自己站在遠處，將無人機墜落的過程看得一清二楚。「有一隻昆蟲，應該跟牠一樣吧……突然跳上空中，撞了無人機一下。」

他舉起昆蟲籠子，指著裡頭的灶馬說道。工作人員只看了昆蟲籠子一眼，隨即發出尖叫。

一隻灶馬高高跳起，撞開了無人機？這實在是太異想天開，包含我在內的所有大人，都忍不住笑了出來。

「是真的！那隻蟲子撞開機器之後，不知跳到哪裡去了！」

「要是有那麼強壯的蟲子，簡直比掉下來的無人機更可怕。」我忍不住說道。

執行任務的少年

幾個人將推車上的那隻中型昆蟲抬了下來。牠彎曲著長長的後肢，一動也不動。直到站在演講台上的司儀一聲令下，牠才以驚人的氣勢奮力一彈，躍上高空。

工作人員透過擴音器向會場內的眾人說明，這隻昆蟲經過特別改造，跳躍能力與身體的堅硬程度都是原本的數十倍至數百倍，幾乎跟砲彈沒有兩樣。

所有人都看傻了眼。回過神來，那隻中型昆蟲早已消失得無影無蹤。

依照原本的計畫，那隻昆蟲應該要跳上高空，接著掉回原本的地面上，重複這樣的動作，帶給大家歡樂。沒想到牠彈上高空之後，再也沒有回來。

或許那昆蟲在高空遇上什麼意外的狀況。司儀和負責控制昆蟲的技術人員都有些慌張。然而，這不按牌理出牌的意外插曲，反而讓會場內的所有人感到相當有趣，瞬間爆出了巨大的歡呼聲。

春斗特務也哈哈大笑，不停拍手鼓掌。

我不禁想起一年前生活過的那個奇妙國度。在那裡結識的CEO，以及協助拍攝及上傳影片的工作人員、主動留言的頻道觀眾們，不曉得他們如今是否過得幸福？

驀然間，我的心頭冒出一個疑問。「過得幸福」是什麼意思？要如何才能過得幸福？這似乎是很難實現的心願。

撇開幸不幸福不談，只希望他們現在臉上帶著笑容。

〈直到重逢的那一天，至少讓我將這景色帶在身邊〉

真是顆美好的星球。我的腦海浮現這句話。

花絮

第七年的半年之後

好久沒有在冬天來到豬苗代湖了。冬天的豬苗代湖不同於夏天或秋天，湖面上會聚集大量的天鵝，遠方磐梯山上有著靄靄白雪。在各種白色的點綴之下，天空及湖泊的蔚藍看起來更爲鮮豔動人。

原本我與妻子計畫的是四天三夜的東北旅行，但途中順道回了老家一趟，便想來豬苗代湖看一看。

夏天的湖山就像是一個喜歡熱鬧的年輕人，愛與一大群人一同玩樂。一到冬天，明明是相同的湖山，風格卻迥然一變，成爲一個沉默寡言，願意靜靜聆聽我說話的年長者。

或許是陽光露臉的關係，雖然陰暗處還有一些殘雪，湖畔絕大部分的區域已可看見底下的泥土。

「起風的時候還是有點冷。」站在身旁的妻子說道。

此時我們都穿著羽絨外套，但臉、手等沒有受到包覆的部分都感覺頗有寒意。

「對了，小時候我一直想不通，風是從哪裡吹來的。」我說道。「地球明明是圓的，這些風到底來自什麼地方？」

「確實是個好問題。」妻子回應。我不確定她是不是真的感興趣。嗯，多半是不感興趣吧。

「我甚至想像過，遙遠的大海另一頭，有一個巨人正在不斷吹氣，製造出了風。」

「嗯，除了吹氣之外，或許還會打噴嚏及咳嗽。」

我感覺鼻子有點癢，下一秒忽然打起噴嚏。

不好意思讓小原特務沾上我的口水，我急忙低頭，對著地面不斷發出「哈啾、哈啾」的聲音。

「真的有另一個世界，跟這個世界完全不同嗎？」小原特務一派悠哉地問道。

「真的有。」我回答。同樣的話，我說過好幾次，但他從來不相信。

「你們在那邊的日子過得很辛苦嗎？」

「是啊，可以這麼說。」我點了點頭。不管去到什麼國度，不管在什麼地方生活，接觸到那個世界最真實的一面之後，必定得面對一些煩惱及勞苦。

樹木與樹木的縫隙之間，隱約看得見天空。

「好遠？什麼東西好遠？」小原特務突然這麼問，我才發現自己感慨地脫口說出「好遠」。

「在那邊生活時，感覺天空沒有那麼遠。明明是相同的天空，不知為何感覺比現在看見的天空近得多。」

「伸手就摸得到？」

「沒那麼誇張。總之，不管是雲還是山，現在看起來都很遠。」

「天空很遠，這是基本常識，連我也知道。」

「話是沒錯，但就是不太一樣。」

「唉，我大概能體會你的感受。」小原特務氣定神閒地說：「那個世界有那個世界的度量衡，這個世界有這個世界的度量衡。」

「你的意思是，每個人判斷事物價值的標準不一樣？」我問道。這年頭很少有人會用「度量衡」來形容判斷事物的標準了。

「就算是同一個人，從前跟現在的度量衡也不會相同。」

遠方的天空可看見巨大的白鳥排成縱隊，緩緩降落。

我突然又覺得鼻子好癢，只好再度低頭，鼻孔和嘴巴不斷激烈地噴出氣體。

哈啾、哈啾、哈啾。

他出發前往一個非常、非常遙遠的地方，爬上一座非常、非常高的塔，救出被關在塔頂的女人。到目前爲止，事情都很順利。他帶著女人坐上事先準備好的帶翅螞蟻，逃離敵境。到目前爲止，事情也很順利。女人坐在後頭，緊緊環抱著他，說了一句：「謝謝你，我就知道你會來救我。」到目前爲止，事情全部都很順利。

但追兵從後頭趕了上來。那些追兵同樣騎乘著帶翅螞蟻，不斷搭弓射箭。其中一支箭貫穿了他們的螞蟻的翅膀。從這裡開始，事情就不順利了。

帶翅螞蟻墜落地面，幸好地上的葉子成爲緩衝材料，減緩了墜落的力道，所以兩人沒有受傷。接下來，他們只能徒步逃亡。

過了一會，騎著螞蟻的追兵，以排山倒海的氣勢追趕而來。

萬事休矣，到此爲止了。他閉上眼睛，緊緊抱住女人。

就在這個時候，突然颳起一陣強風。那陣強風並非水平襲來，而是自那群追兵的頭頂直撲而下。強風颳了一次、兩次、三次，同時夾帶著「哈啾、哈啾、哈啾」的可怕聲響。追兵們全都被這一陣陣的狂風帶向遠方。

儘管不明白到底發生什麼事，但他心裡很清楚，現在是逃走的最佳機會。於是他拉著女人，跳上最近的一隻帶翅螞蟻，趕緊逃離。

從此以後，事情一直很順利。

自湖畔走回停車場的路上，我們不斷承受著強風的吹襲。就在我們走出松樹林的那一刻，妻子忽然抬頭望向天空，瞠目結舌地發出「啊」的驚呼聲。

我受到吸引，跟著抬起頭。只見我們的頭頂上竟然有著一大塊積雪。附近並沒有樹木，天空與我們的頭頂之間也沒有任何可能形成積雪的物體，那一大塊積雪就這麼飄浮在半空中。

以尺寸來看，那積雪的大小相當於一個大型瓦楞紙箱。它筆直朝我落下，我完全沒有辦法反應，只能望著天空發呆。

下一瞬間，那一大塊積雪憑空消失。在積雪消失的前一秒，我似乎看見有一隻手掌（如果眞的有那隻手掌，至少有一輛小貨車那麼大）揮過來，將那塊積雪打橫推了出去。妻子不停眨著眼，彷彿在確認眼睛有沒有問題。

我抬頭看了看天空，接著又低頭看了看腳下。

（全文完）

作品初次發表

「第一年」OHARA☆BREAK'15夏季
〈滑翔機〉The Pees

「第二年」OHARA☆BREAK'16夏季
〈夏天紀念日〉The Pees
〈海綿超人〉TOMOVSKY

「第三年」OHARA☆BREAK'17夏季
〈敗犬〉The Pees

「第四年」OHARA☆BREAK'18夏季
〈除了這兩件事之外〉TOMOVSKY
〈作戰會議〉TOMOVSKY

「第五年」OHARA☆BREAK'19夏季
〈即使太陽下山，也與她一起走著〉The Pees
〈全部以後再說〉The Pees
〈異國之門〉The Pees

「第六年」OHARA☆BREAK'20秋季
〈了不起的遊魂〉TOMOVSKY
〈短暫的夏天結束了〉The Pees
〈就這麼下去也不錯〉The Pees

「第七年」OHARA☆BREAK'21秋季mini
〈希望之星〉TOMOVSKY
〈心動〉TOMOVSKY
〈真是顆美好的星球〉TOMOVSKY
〈終於HAPPY〉The Pees

配合單行本發行，追加了〈聊往事的女人〉及〈花絮　第七年的半年之後〉，並進行全面修潤。

後記

二〇一五年，日本福島縣的豬苗代湖畔舉行了一場音樂與美術的盛宴，名為「OHARA☆BREAK」。主辦單位邀請我寫一篇短篇小說，並表示會將這篇小說製作成小冊子，發送給每位來到會場的遊客。我決定接下這項工作，是因為GIP（一家經常在東北地區企劃及製作演唱會相關活動的公司）的菅眞良先生對這個活動所抱持的理念，引起了我的共鳴。老實說，我一開始把這項工作想得太單純，認為「既然是要發送給現場遊客欣賞的短篇小說，最好是以會場附近的湖作為小說舞台。這麼一來，參加者讀起來的感受一定會截然不同，至於內容則不必太過講究」。換句話說，我以為只要抱著輕鬆的心情，寫出一點能夠輕鬆閱讀的東西就行了。

因此，我以豬苗代湖為舞台，寫了一篇類似童話故事的小說，內容的長度比我過去所寫的小說要短得多。至於在內容上，我活用了一些在自己的作品中使用過的點子。我原本對這篇作品並沒有太多想法（相當於本書中「第一年」的部分），沒想到後來菅先生告訴我，「這個活動預計每年都會舉辦」。

於是我心想，既然每年都會舉辦這個活動，小說的內容最好也是每年連貫比較有趣。而且考慮到是一年一度的活動，讓主角們跟隨著現實中的時間，每一年都增加一歲，會更有意思。自從加入了這個設定之後，就不再只是一篇「輕鬆寫、輕鬆讀」的作品。雖然違背了當初的預期，但作品中「每年都會入侵豬苗代湖基地，並且惹上麻煩的間諜」及「雖然成功就業，卻在工作上吃足了苦頭的年輕人」這兩個設定讓我感到相當有意思。每年我都必須思考「今年他們又遇上了什麼事」，實在是相當新鮮又有趣的工作。

由於「OHARA☆BREAK」是一場音樂活動，我希望在小說中加入一些自己喜歡的樂團或音樂家的元素。基於這樣的想法，我每一回都會在小說裡提及The Pees及TOMOVSKY的歌曲。何況，既然讀者是「OHARA☆BREAK」的參加者，就算我把小說內容相當大的比重放在自己的興趣及嗜好上，他們應該也不會生氣才對。後來，菅先生建議使用TOMOVSKY繪製的插畫作爲小冊子的封面，更是讓我開心不已。

從此以後，每年到了春天，我都會開始煩惱「今年應該介紹哪一首歌」。有時我會請菅先生提供意見，有時我甚至會徵詢TOMOVSKY的建議。先選定歌曲，再根據歌詞發展出小說的內容。

每一回我都會在作品中引用一些歌詞。在撰稿的過程中，那不知道該說是樂觀還是悲觀的歌詞總是一次又一次驚豔我。我不禁深深覺得，當一個人對未來感到不安，心情變得憂鬱的時候，正適合聽這樣的歌曲。而且我在作品中引用的歌詞，都是好幾年前的歌，卻依然能夠完美詮釋當下的時代，這種歷久不衰的特質也讓我嘖嘖稱奇。我知道就算自己想破了頭，也不可能想得出那樣的文字組合。我很擔心有讀者會誤以爲那些歌詞也是我的創作，於是將歌詞的部分稍微改變字體，使其與小說的內容有所區隔。

如同我一開始提到的，這部小說當初只是希望帶給活動參加者一點隱藏的樂趣。直到第四年之後，我才萌生或許可以集結成冊的想法。雖然這部作品的誕生過程及宗旨有別於一般的小說作品，但我很喜歡這種把童話故事和小職員故事混合在一起的感覺。何況，如果把原本分散開來的每一回故事合在一起閱讀，搞不好會發現另一種樂趣。我正是懷抱著這樣的期待，花了七年的時間，完成了這部作品。

去過豬苗代湖的讀者，希望你在閱讀的過程中，試著回想豬苗代湖畔及其周邊的景色。至於沒有去過豬苗代湖的讀者，若是能夠發揮想像力，搭配文字閱讀就太感謝了。

伊坂幸太郎

解說

日常即探險，探險即日常——關於以七年時間譜寫而成的這首《小小間諜合奏曲》

出前一廷

※本文涉及關鍵情節，未讀正文者請慎入

只要是熟悉伊坂幸太郎作品的人，應該都能從他小說的細節裡，感受到他對音樂的喜愛，有時甚至還能在閱讀時當成配樂的指引，在他於書中提及某首歌時，暫時先擱下書本，找出那首歌播放出來，然後再回到書頁當中，讓自己透過文字在腦中勾勒畫面，同時藉由音樂的輔助，使情緒與伊坂筆下的世界更爲同調。

像是這樣的情況不勝枚舉。不管是爵士的查理·帕克、桑尼·羅林斯與約翰·柯川，或是搖滾的披頭四、滾石與地下絲絨，乃至於民謠的巴布·狄倫等人與樂團的歌曲，均散布在伊坂的《死神的精確度》、《孩子們》、《家鴨與野鴨的投幣式置物櫃》等眾多具有代表性的作品中，讓你僅需點下播放鍵，便彷彿能使伊坂寫作當下腦內浮現的空氣振動，就此突破時間與空間的限制，直接在你耳旁重現。

此外，有時就連故事本身，也與音樂息息相關。像是收錄在《Fish Story:龐克救地球》中的短篇〈Fish Story〉，便是一則有關某首遭人遺忘的冷門歌曲，如何在連鎖效應之下，成爲拯救世界關鍵的幽默故事。

更有甚者，就連伊坂寫作生涯的一個轉折點，其實亦與音樂有關。

那時，才出道不算太久，正在撰寫第四本小說《重力小丑》的伊坂，由於還不確定自己的寫作事業前景，仍過著一面當上班族，一面趁下班時間寫作的雙重生活。

而就在某天早上的上班途中，他聽到了歌手齊藤和義的歌曲〈幸福的早餐無聊的晚餐〉，其中有一句「總有一天，我會想念起自己此刻正在走著的這條路」的歌詞，使他開始思索自己以後是否眞會懷念這段每天上班的路程，最後得出答案，便於當天下班回家時，向妻子表達了想辭去工作，並完全投入寫作事業的決心。

正是因爲這些事情，讓伊坂接受「OHARA☆BREAK」音樂節邀約，每年都抽空寫下一則短篇，由主辦方印製成小冊子發放給遊客，長達七年之久，最後集結成《小小間諜合奏曲》一書的舉動，也似乎顯得十分合情合理，甚至令人心生一股「果然是伊坂」的感受。

在《小小間諜合奏曲》的後記中，伊坂曾提及，他會接下這份工作，是被主辦單位的菅眞良對這項活動抱持的理念所打動。那麼，每年都在福島縣會津地區的豬苗代湖畔舉辦的「OHARA☆BREAK」音樂節，其理念又是什麼呢？

關於這點，得從「OHARA☆BREAK」這個名字講起。

在《小小間諜合奏曲》中，伊坂曾透過角色之口，提及會津地區民謠〈會津磐梯山〉裡出現的角色小原庄助，並表示歌詞裡將他形容爲一個「每天都睡到中午，起床就喝酒、泡澡，坐吃山空，花光了所有財產」的人物。

事實上，「OHARA☆BREAK」音樂節前半部的「OHARA」，正是日文中「小原」的發音，指的便是小原庄助。至於後面的「BREAK」則一如單字的意思，整體翻成中文，便是「小原☆休憩」之意。

雖然從傳統民間故事的角度來看，小原庄助通常會被視爲好吃懶做的典型負面人物，但菅眞良表示，小原庄助的生活方式，其實正是福島縣會津地區值得自豪的「慢活」原點，於是他們以此作爲主題，邀請音樂、戲劇、美術、攝影、電影、文學、時尚與美食等不同領域的藝術家，在豬苗代湖畔舉辦「OHARA☆BREAK」音樂節，期盼能在生活步調繁忙的日本，再現如同小原庄助生活方式的寧靜空間。

像是這種翻轉刻板印象，以不受拘束的姿態令人會心一笑，甚至是覺得神清氣爽的可愛感，正是伊坂作品時常給人的感覺，再加上《小小間諜合奏曲》的寫作方式與情節，也正如伊坂在後記所言，讓主角們跟隨著現實中的時間，搭配「OHARA☆BREAK」音樂節的舉辦間隔，於每篇故事裡都增加一歲，所以在整體架構上，這種方式自然具有相當程度的「成長主題」，還會讓人忍不住聯想到故事同樣發展了七年之久的「哈利・波特」系列。

只是，如果從切入的角度來看，雖說《小小間諜合奏曲》仍具有十足伊坂式的奇想風格，但讀起來的感覺，更貼近我們的生活。就整體來說，也不像「哈利・波特」系列，每次都會完整交代一整年的事件，而是僅集中在每年的特定幾天，至於其他部分，則是以彷彿閒聊的方式，簡單交代角色過去一年來的經歷，最後使整本小說讀起來的感覺，有如連續七年邀請讀者參加一年一度的同學會，具有輕盈，卻又帶點獨特親密性的奇妙魅力。

至於從內容來看，《小小間諜合奏曲》剛開始的發展，會令人聯想到《借物少女艾莉緹》與《樂高玩電影》這兩部動畫片的合體，藉由兩個世界的鮮明差距，以及彼此之間的奇妙連鎖反應，抓住讀者的好奇心，並以生動描繪的角色，讓人不斷產生共鳴。

簡單地說，無論是奇幻世界的小小間諜或日常生活的上班族角色，其實都曾在心中懷抱著拒絕平凡，不願意生活在刻板制度下的渴望。然而，生活終究會把我們帶進某種日復一日的規律當中，就算是看似冒險犯難的間諜任務，其實久而久之，也總會處於一定的反覆循環之下。

於是，在《小小間諜合奏曲》的七年光陰裡，原本夢想肆意翱翔的人，在進入社會後，究竟變成了什麼樣子呢？他們是否曾一度討厭這樣的自己？是否又在大大小小的事情中，思維與觀點產生了改變？而在這樣的過程裡，他們是否更懂得與自己或世界相處了呢？

說穿了，這些狀況，其實不也是我們都走過的旅程？甚至一如多年前在上班路上的伊坂，曾一度站在分歧點上思索一般？

不過，請不要誤會。伊坂在《小小間諜合奏曲》裡想說的，並不是我們應該拋開一切，直接朝著追求夢想之路而去的這種常見的激勵，而是透過這部甜美可愛的故事提醒我們，再怎樣不同的生活方式，也都將有讓人習慣的一天，所以才透過角色表示：「不管去了什麼國度，不管在什麼地方生活，當接觸到那個世界最眞實的一面，必定得面對一些煩惱與勞苦。」

更值得注意的是，即使如此，也不代表我們只能無聊乏味地活下去。正如故事結尾，伊坂揭露出仍有無數個世界存在一樣，所有的世界看似各自獨立，實則緊密相連，甚至「就算是同一個人，從前與現在的度量衡也不會相同」，因此縱使我們活在看似平凡的日常當中，卻依舊得以透過與他人或自我的互動，爲心靈帶來一場場足以支撐我們繼續前行的小小探險。

最後，附上一個由日本官方提供的網址，內容是伊坂在撰寫《小小間諜合奏曲》時，採用的The Pees及TOMOVSKY樂團歌詞的歌曲播放清單。

雖然此時此刻的你，可能已讀完《小小間諜合奏曲》，但正如本文開頭所說，搭配著音樂再讀一次，或許，你的世界與伊坂寫作的那個當下，也將如這本小說裡的故事，激起另一波層層疊疊，接連不斷的互動漣漪吧。

《小小間諜合奏曲》歌曲播放清單：

https://lihi3.cc/mLiMQ

作者簡介

出前一廷，本名劉韋廷，曾獲某文學獎，譯有某些小說，曾為某流行媒體總編輯，過去也曾以「Waiting」之名發表一些文章。個人ＦＢ粉絲頁：史蒂芬金銀銅鐵席格。

伊坂幸太郎作品集31

小小間諜合奏曲
マイクロスパイ・アンサンブル

原著書名 マイクロスパイ・アンサンブル
原出版社 幻冬舍
作　　者 伊坂幸太郎
翻　　譯 李彥樺
責任編輯 陳盈竹
行銷業務部 徐慧芬、李振東
版 權 部 吳玲緯
編輯總監 劉麗真
榮譽社長 詹宏志
發 行 人 凃玉雲
出　　版 獨步文化
城邦文化事業股份有限公司
104台北市中山區民生東路二段141號5樓
電話：(02) 2500-7696　傳眞：(02) 2500-1967
發　　行 英屬蓋曼群島商家庭傳媒股份有限公司城邦分公司
104台北市中山區民生東路二段141號2樓
讀者服務專線：(02)2500-7718；2500-7719
24小時傳眞服務：(02)2500-1990；2500-1991
服務時間：週一至週五　上午09:00～12:00　下午13:00～17:00
讀者服務信箱E-mail：service@readingclub.com.tw
劃撥帳號：19863813　戶名：書虫股份有限公司
香港發行所 城邦（香港）出版集團有限公司
新址：香港灣仔駱克道193號東超商業中心1樓
電話：(852) 25086231　傳眞：(852) 25789337
E-mail：hkcite@biznetvigator.com
馬新發行所 城邦（馬新）出版集團　Cite(M)Sdn Bhd
41, Jalan Radin Anum, Bandar Baru Sri Petaling,
57000 Kuala Lumpur, Malaysia.
電話：(603) 90578822　傳眞：(603) 90576622
email:cite@cite.com.my

城邦讀書花園
www.cite.com.tw

封面設計 蕭旭芳
排　　版 游淑萍
印　　刷 中原造像股份有限公司

初　　版 2023年（民112）10月
定價 360元
ISBN 9786267226759（平裝）
ISBN 9786267226780（EPUB）

國家圖書館出版品預行編目資料

小小間諜合奏曲／伊坂幸太郎著，李彥樺譯．初版．-- 台北市：獨步文化：家庭傳媒城邦分公司發行，2023〔民112〕
面；　公分．--（伊坂幸太郎作品集：31）

譯自：マイクロスパイ・アンサンブル

ISBN 9786267226759（平裝）
ISBN 9786267226780（EPUB）

861.57　　112013005